冰心散文奖、孙犁散文奖一等奖作者美文作品

会笑的云

宁新路 著

这深情的文字，是爱的泪花。迷上这云，是因云太迷人。一路吻云与会花的美妙感觉，有如艳遇的窃喜与心跳。心跳是最美的音符，化作纵情的歌，献给拥抱我的美人，这美得让我醉心的山河和三角梅。

中国财政经济出版社

图书在版编目（CIP）数据

会笑的云/宁新路著．—北京：中国财政经济出版社，2015.1
ISBN 978－7－5095－5616－0

Ⅰ.①会…　Ⅱ.①宁…　Ⅲ.①散文集－中国－当代　Ⅳ.①I267

中国版本图书馆CIP数据核字（2014）第188931号

责任编辑：樊清玉　　　　责任校对：张　凡
封面设计：耕　者　　　　版式设计：康普宝蓝

中国财政经济出版社 出版
URL：http：//ckfz.cfeph.cn
E－mail：ckfz@cfeph.cn

社址：北京市海淀区阜成路甲28号　邮政编码：100142
营销中心电话：010－88190406　北京财经书店电话：010－64033436、84041336
北京富生印刷厂印刷　各地新华书店经销
880×1230毫米　32开　6.125印张　150 000字
2015年1月第1版　2015年1月北京第1次印刷
印数：1—3 060　定价：23.00元
ISBN 978－7－5095－5616－0/I・0125
（图书出现印装问题，本社负责调换）
质量投诉电话：010－88190744
打击盗版举报热线：010－88190492，QQ：634579818

一路吻云（代序）

宁新路

车子绕在山间，一疙瘩连着一疙瘩的白云、彩云，镶金带银的白云和彩云，向人招手。视线被头上的云朵，牵了过去，看它跳舞，看它追逐，看它魔变，看它绘画。这里的云是调皮和多情的，它们干脆飞翔到山间，迎接赶路的客人，像那山野的妹子，泼辣而大胆。有的干脆一头扑过来，想把远方的来人拥抱起来，而扑过来的云团，它没想到会扑不到人身上，只是把车抱住了。坚硬而飞驰的车，把多情的云撞了个满怀，生硬地撞了个粉碎，把一团团云，撞成了车后长长的雾气。我多想坐在一辆没有挡风玻璃的车上，更想自己驾着蜗牛爬行般的车，让拥抱我的白云，缓缓地，轻柔地，飘过来亲吻我，拥抱我，不至于被无情的铁壳和油滑的玻璃，撞成一股冷气。这是每次在云南山间坐车赶路的惊喜和失落。

在云南行走，就是这样，一路吻云，一路惊喜，也会有一路失落。我怀疑世上所有漂亮的云，都是从云南出发的。这云带给人惊喜和失落，让人心存久久的激动。

云团都挂在山上，看上去极其恋山，游动得很缓慢，或者压根就一动不动；云在天上，也在山间，在地上。浓厚的云，从天上飘到山上，又从山头游到地上。这也许是更多情的云，也许是游累了歇息的云。它们歇息在山道上，山道好像是它们最好的歇息地，它们惬意舒适的，躺倒或者蛰伏在山道上，满满当当的，白天打亮车的雾灯，也穿不透几米开外的丰腴富态的云。去金平，出金平，在蚯蚓一般的山道上，即便是刚从阳光灿烂的山下上山，那也要穿过白得如絮，白得如帕的云。它们栖在山道上，长年累月，即使离去一时半会儿，很快又回来了。它们是压根儿也不想离开山路的云。让人感到，这些云中骄子是以山为家，以山路为床，是来拥抱这青翠欲滴的山峰，是在等待和拥抱走过山路的客人。

山路细得像羊肠子。一边是山，一边是深渊。车子走不快，只能在云的怀抱里蠕动。纱巾、丝帕一般的白云，紧紧地贴着车子，拥抱着车子。抚过车窗的纱、丝，就在玻璃外，眼睛看得清清楚楚，那是种柔软、细腻、妖冶得引发人产生奇想的云。从来没有被这么浓厚、多情的云拥抱过，于是，我轻轻地打开车窗，一缕急欲亲吻人的云霭，立刻漫溢了车厢，钻进了人的呼吸道。手伸到窗外，摸到了云的手，云的脸，云的身体，它们是丝，是纱，是帕，带着一种特有的情感，凉爽得有点直入心脾。云是被风推进来的，带着寒，带着露，顿时让人感到了清凉，清凉到了肺腑。它们润物无声，在让人陶醉的同时，还让人一时难以喘息。

被云缠绕了几小时，绕过数十道弯路，忽然眼前出现一片灿烂景观，从茫茫云朵里转过眼光，才发现山下是白云漫步、阳光照耀下的城市。从山上看那云，好像是画到蓝天上的，是童话里那种会说话的云朵。美云走了团团，又来团团，它们是来这美丽山城演出的，也像是为这山城之美涂彩的。这是从金平山上走下来的云，也是开满鲜花的金平大地上生出来的云。因而那“十万雨工燕栖金平”的奇观，还有那勐拉温泉，是白云的杰作，也是白云故乡的奇妙造化。没有云就不会有那美妙的奇观，没有云就不会有那奇妙的造化。金平的美，有多少是云的神来之笔啊！

没有一丝风的腾冲，仰望碧蓝如洗的天空，会看到一嘟噜一嘟噜的云，像被固定在空中的物件，又像是挂上去的棉花团，牢牢地挂在空中，一动不动。凝望许久，眼睛看酸了，仍然丝毫不动，让人感到它仿佛沉沉地睡着了。那稀疏而舒卷的白云，好像清洗过似的，洁净得没有任何杂质。望久了，看长了，就会以为那朵朵云团，是长在天空里白色的树，或者是盛开在天空里硕大的白雪莲。

我惊喜近距离观云的美妙。那是在腾冲的天空，波音飞机燕子似地下滑，透过舷窗，山峰般大的云朵，在山谷悠然歇息。这些洁白得像棉絮一样的云，有的像盛开的白玉兰，有的像雪白的飞船，有的像硕大的棉团，在碧山绿水的衬托下，在蓝屏似的天空上，云团白得像牛奶，细腻得像奶油。飞机在云团上掠过，惊醒了午休的云朵，它们轻轻地翻了翻身，又不动了，它们在享受这蓝天碧野间的灿烂阳光和柔情惬意。

直到傍晚，我无数次回头眺望那被飞机打扰过的云朵，令我感动不已的是，它们竟仍然在那片天空上挂着，久久而深情地贴着蓝天，望着大地。

一抹晨霞从云端洒落下来，澜沧群山峻岭间隐约再现如长江与大海般的万顷波涛，随着霞光的强烈抛洒，那波涛越发厚重而有力，向山谷滚滚而驰，浩浩荡荡，雄壮苍劲。一时误以为眼下是长江与大海，可定睛才明白，原来是云海。

这样的云，也只能在云南看到，也只能在云南才有吧。

云与朝阳与夕阳有种特殊的情感。朝阳与夕阳往往因为云而生动，因为云而多情，因为云而丰富。云南的云，最生动，最美丽，最多情。最丰富的时刻，是日出和日落的时候。不管是变幻的云，还是沉默的云，不管是漫游的云，还是飞奔的云，它们好像很喜欢朝阳与夕阳。它们只有在这个时候，才能把它们的美，表达、绽放、挥洒得淋漓尽致。喜欢欣赏云南朝阳下的云，更喜欢凝望云南夕阳里的云。

多少个清晨和傍晚，从东方刚刚露出一抹淡红时起，云就开始浓妆艳抹了，也开始起舞和作画了。这个时候，没有人不向它投去喜悦的眸子。如若是正巧朝着旭日或夕阳赶路，那将是幸运至极的事，可久久地欣赏朝霞和云的动情相会。在云南出门和赶路，天空晴朗的早晨和傍晚，总是和云艳遇的时刻。这旭日和夕阳的美妙与多彩，会让人心中顿添无限喜悦和激动与深情。晨光与夕阳里的云南，由于云而让这里的天空流光溢彩。

推开这里清晨的窗户，行走在这块大地上，许多次被清晨的云霞和夕阳里的落霞感动。这云霞，太美了，美得让人眼睛舍不得离开它，美得让人舍不得离开这里的山川。

在云南走一路，有种一路吻云的感觉。那是甜甜的、润润的、美美的感觉。

目　录

第一辑　你的美我看不透

温情小城 …………………………… 3
绿　春 …………………………… 7
古茶情思 …………………………… 10
绝美的山田和人 ………………………… 14
黄佤家的春天 ………………………… 18
绿宝石山村写意 ………………………… 22
山茶花一样美的村庄 …………………… 26
在蝴蝶泉边品美 ………………………… 30
木鼓声里的佤族 ………………………… 35
罂粟花噩梦 ………………………… 39
芦笙舞之夜 ………………………… 43

第二辑　相思树

相思树 …………………………… 51
芭蕉林里的恋人 ………………………… 55

凤尾竹情哥 …… 59
怒江女人花 …… 63
孟连花之最 …… 72
心上人 …… 77
云男 …… 82
云女 …… 87
缅甸少年 …… 94
那个边城女人 …… 97
黑珍珠 …… 102

第三辑　你让我浮想联翩

你让我浮想联翩 …… 109
走云南之难 …… 115
在云南读白 …… 125
云南的烟民 …… 130
弥渡故事的思绪蔓延 …… 137

第四辑　清晨的彩虹

从猴桥望去 …… 145
依然悠扬的壮歌 …… 149
清晨的彩虹 …… 155
对一个古镇的感动 …… 159
清水河记忆 …… 163
山茶妹的伤痛 …… 166
兰花的姐妹山 …… 171
血肉的界碑 …… 176

寻找美的诱惑（后记） …… 183

第一辑

你的美我看不透

温情小城

独自坐在黄昏的红河州金平山上，在玫瑰红的夕阳里，一个千里而来的行者，欣赏这座格外陌生的边陲小城，有种强烈的东西，从情感深处蹿跃上来，似被拉到了美幻的童话世界，似被葡萄美酒激起了感官的兴奋，似被爱情的红唇吻到了脸上。这样的美景与美妙时刻，是诗意的内心，情感深处的惆怅、孤独、思念、渴望。随着夕阳的越来越浓，夜色渐渐寥落，越发加重了。这是劳累了一天，小城给我的赐予。

这种浓烈的情感，何止是玫瑰色的夕阳美事的缘故，更在于那些傣族、哈尼族少男少女们亲人般的热情和那浓情的米酒、含情脉脉的美景。米酒加剧了情绪的升腾，傣族、哈尼族青年们的热情加速了我情感的升腾。他们是从山下这座漂亮的寄宿制学校毕业的，这是大山里和这座小城最美的建筑，他们以在这里读书而自豪。这是中央支持建起的一流学校。我是北京来的，他们把一腔感激，给了我，好像这学校是我修建的。喝下一杯杯甜香的米酒，我想我是替北京那些同事，还有更多的为小城和这山乡做了许多事的人喝的。他们对北京人太热情。我“逃脱”他们的“碰杯”，去享受山上这小城绝美的傍晚。好在他们炽热而友好，他们不愿打扰我这陶醉的时刻。我静静地坐在一棵三角梅下，品尝胜景，回味浓情，也想远方的人。这个感觉走得很远很深。这样情感醇厚的夜晚，让想象与渴望，在孤独与思念中度过，是相当美妙的。

在大都市，昼夜喧嚣，似乎没有地方让人静寂，也很少被什么热情点燃激动。小城太静了，静得让人的激动也显得比都市里深远。眼前是一条河，河边是一座山，山那边是异国。我在欣赏这美景的同时，忽然产生了要为这个小城做许多事的想法与冲动。小城的美丽和人们的富有，超过了异国，好像那边的山和星星，也用羡慕的目光，望着这边呢。在这静得出奇的山上，看小城、大山、白云、三角梅，在夕阳里燃烧，想想为这个小城将要做锦上添花的事，一种欣慰和自豪，油然而生。这个小城与我有了不解之缘。我北京的同事，我所在的国家部委，为这个小城的美丽，做过许多事，现在还在做，今后还将有浓墨重彩之笔。他们未来的画卷，着实让人为小城和这山乡兴奋。我感到这小城的美丽和小城人的笑脸，也与我有某种关系。

月亮升起来了，在暗蓝得深邃的天空，小城的月亮像水晶挂上去的，纯情得楚楚动人。而更为动人的，是几个姑娘，她们在月色里围住了我，拉我要走，生怕我跑了似的。她们是几个傣族和哈尼族妹子，如花的年龄，如花的美艳，她们是金平财政人。她们请我去洗月光温泉浴。早就听说过这个地方的勐拉温泉，那是边陲上的一盆天赐之池，终年热气腾腾，令人神往的是男女同浴的神秘。我被几个小姑娘拉到了这个神秘的地方。她们个个热情奔放，轻轻唱着甜美的曲子，把我拉进了温泉。她们是一群不安分的天使，在温暖的池水中相互戏闹，也戏闹我，把我拖到了泉池中央，身下泉水翻滚，暖流涌入心田……她们唱着山歌，歌词好像是现编现唱，“……北京来的哥哥，你为山乡辛苦了，为我们做了那么多事情，让我们过上甜美的日子，喝杯米酒解解困呀，泡个温泉解解困吧，妹妹为你沏杯茶吧，把你的心儿留下……”

她们在用浓烈而真挚的歌、笑、情，感谢北京的哥哥姐姐、叔叔阿姨，给她们建最好的学校，修最宽阔的道路，盖最好的医院，谋最好的生活，帮她们过上最好的日子……在这边境小城，的确有全国最好的学校，通达的道路，最好的医疗，富起来的乡村，城乡前所未有的幸福生活……她们曾经是一群大山里的孩子，从那上学翻山蹚河的山村学校，入了小城这如同昆明一样的寄宿制学校，听到了北京援教老师的讲课，享受到了一流的教育，考上了云南最好的大学，有了今天梦想中的职业……她们说，这得感谢北京的人。她们的歌词，她们的话语，质朴得动人，纯情得穿心。

……月光下的温泉，温泉里的笑语，灿若仙子的阿妹们，把小城的温情，自然而然地、淋漓尽致地表达了出来，弥漫到溢彩的月夜里，渗透在我的心窝里，让我的血液沸腾着，也燃烧着我的情感。我哪能承载得了小城人这么厚重的情感，哪能替代北京人收下这么浓烈的情感。我很渺小，我为小城和这山乡做的事情微不足道。我收下了她们的感谢，也收下了她们的美好的赞语，我用我的文字来传情，让更多的同事和北京人，知道小城和这山乡人的不尽的感谢和赞语。而让我深为感动的是，人们为这里的人做些事，这里的人总是记得那么牢。这是一个产生感恩的地方。

在那个小城和山乡的数日里，我像一只不知疲劳的蜜蜂，做着事情，感到还有很多需要我做的事，可惜归期到了，不得不告别她。离别小城多年，而小城的黄昏和月光下的温泉浴，仍然像一杯醉人的玫瑰酒和一场感人肺腑的音乐会，时常荡漾在我的情感里，变成了情不自禁的行动。我愿意终生为那个边疆小城和那个山乡做事。我感觉我早已成为那个小城和山乡的人了。京城离那南端边远的小城很远，我感觉我的心离小城和那山乡很近。

绿　春

窗口一阵清脆婉转的鸟叫，把我从床上叫了下来。拉开窗帘，窗口探出枝三角梅，鲜嫩的叶间是紫、粉、黄的花蕾。叶花朝着房间伸张，一副俏皮样子，像是要把花儿开到房里来的劲儿，如若这张窗户常开，这枝三角梅一定会使劲伸张，把花儿盛开到房间的。即便是这样，好像也没有什么惊奇的，花与树缠绕着的绿春人家，花与树都很柔情调皮，枝头都想伸进人家的窗户。有了这调皮的花枝，自然也就有了多情的鸟儿，它们弹跳在三角梅枝上，探头探脑的，在窗口亮嗓子。这鸟与三角梅一样胆大，我把头伸到窗外，它仅仅是与我保持了小小的距离，竟然弹来跳去，瞅着我不飞走。这让我感动，这花、鸟，同这里的哈尼人一样，见人那么地亲近与热情。从夜晚走进绿春，看到人们好客热情的脸庞，再看到这清晨的小情景，我是多么喜欢绿春这个名字，喜欢这个地方呀。

绿春这个名字，哈尼人尤为喜欢。“绿春，永远是绿的春天”，他们为这个地名而自豪说，这是周恩来总理给它起的名字，太美了。1958 年，周总理看到“六村县”县名，感到不大气，将“六村县”，改为“绿春县”。周总理改六村县地名前，还做了番了解，照片上的六村县四季山翠水绿花红，美艳如画，他欣然为六村起了新名“绿春”。得到了这样极富美感的县名，绿春人一直引以为自豪。

这绿春的名字，让六村县这个地方，从此诗意盎然。也让绿春人有了浓情诗意。

走出楼去，哈尼青年朝我说，去看绿春的“惊喜”吧。绿春的惊喜就在楼下连绵的山上。山连山的县城，县城落在削平的山头上，正在削山，眼看就要出现平地了。天蓝得像清洗过一样的洁净，山头和已被削成平地的山坡，均匀地停留着花朵似的云。云好像不愿意离开这山这地，尽管让它们亲吻的山头消失了，它们仍然一动不动地驻守，也许它们习惯了这些山，看起来即便是有更多的山头消失，它们也不想离开。这不是哈尼青年说的“惊喜”，他说的惊喜是，山峰变成了平地。平地上一座座高楼正在崛起。

站在高高的山头上，看到的是一水相隔的越南。越南望着绿春，绿春望着越南，两面都在使劲，看谁的楼高灯亮。绿春不甘落后，许多台挖掘机摇头晃脑，山头渐渐矮下去。尽管正在削峰，县城如同小镇还没有漂亮的街市，而这山城却有与内地一样漂亮的学校。学校是县城最好的地方。一条小溪从山涧流入校园，碧水潺潺，翠柳依依，花团锦簇，蝶飞鸟鸣，要不是看挂在门口的牌子，还以为这中学是所大学呢。这是绿春人多年来的骄傲。

山峰变成平地，在绿春来说，当然是“惊喜”之事。原来绿春是山的故乡，从没有一平方公里的平地，哈尼人梦想山乡出平原。可这梦长，到几千年后的今天，才有了片片平原，实在是喜事。这喜事的出现，来自于国家投入巨资而实施的“削峰造地工程”。哈尼人说，有了平地，绿春要请更多的商家来开厂，要建全县学生都来上学的最大的学校，要盖很多楼让哈尼人都搬到楼房里住，要盖云南边疆最大的酒店……尽管县城还没有太多高楼，但从绿春建设模型室里，看到了摩登的高楼，精致的街市，花园式的小区，更多的地方是企业厂房。朱县长说，模型上的一切，几年后将变为现实。听着不是很遥远就能变为现实的规划，感到这的确是绿春让人惊喜的事。

绿春的农家人，正在那梯田里劳作，把一根根秧苗插到田里。她们插得很快，但在我看来，简直就是慢如蚁行。年老的妇女，插秧插弯了腰，年轻的姑娘们很快也会弯的。还有那些老牛，常年劳累，同那些插秧的妇女一样，背也变形了。农家人不以为然，她们说，几千年了，都要这么插秧，习惯了。面对这些，我不认为妇女插秧的景观是美景。好在绿春人的梦想正在实现，这梦想让人欣慰不已，山下那几千年开掘的梯田，不再会让哈尼妇女累弯了腰，因为那田里的水牛，很快会换成“铁牛”拖拉机，哈尼人将结束祖祖辈辈人牛耕田、靠天吃饭的年代。

晚上，我吃到了青年男女做的哈尼风味菜，足有 20 个。姑娘们穿上红遍全身的美丽衣服，也唱了足有 20 首歌。他们是哈尼的财政人，他们为何这么高兴? 不仅仅是因为见到了远方来的客人，更是为绿春的明天好生活而高兴。

窗外的三角梅撑开了窗户。三角梅的花蕾，开成了各色的花，枝头伸到了窗口下的茶几上。阳光照在花枝上，茶几上，鸟儿在窗外探头，这让房间有了美妙的一景。可惜，我得离开绿春了。

绿春，多美的名字，多让人留恋的地方。

古茶情思

古树太老了，已有几千岁。它身壮如牛，参天蔽日，而近乎干枯的身躯却奇妙地长出新的树，新树枯了又从树身长出了新树，新树长到了云层。古树虽老态龙钟，老得数不清年轮，但看上去又那么年轻，因它枝繁叶茂，仍吐新绿。云南澜沧县景迈乡千年古茶园，使人怀古情感油然而生。

一群万里迢迢来的老人拜会它，像穆斯林奔麦加朝圣一般，在古茶树下长跪不起。他们长久仰望古茶，鞠躬、磕头，口里念念有词。他们说些什么？是祭神祭祖的虔诚感恩之词。这些老人的举动，让驻足茶园的年轻人，也进入神圣的情感氛围中。众人转过神来，才感到这园子和古茶的不同寻常。这是不同寻常的古树之神，对它心中升腾神圣的庄严和深切的敬畏，是自然的事。面对这历经沧桑数千年仍吐芬芳的古树，以朝圣般的敬畏和祭神般的跪拜，不为过分。众人被感恩跪拜的老者感动，忽然明白自己有点浅薄无知，纷纷双手合十，拜敬起古树来。

这满园古茶，会让人产生无限联想。那些跪拜的老人，分明是有了深刻联想的人，也是有深怀感恩的人。他们要对这些历经久远的圣物，表达人的渺小，表达人的敬仰，表达人的感恩。这些古老的树，如同百岁老人，从久远的岁月里诞生，从小苗长成小茶树，从小茶树长成参天大树，在数千年酷暑严寒里走来，历经了多少困苦，才葆得一春一开花，一花一季香啊。

每棵古茶树，一定有诉说不尽的苦难史。谁也数不出古茶的年轮，那就看树皮吧。从它那如顽石般坚硬的厚衣，也是盔甲的裂沟里，似乎能察觉几分它年龄的奥秘。这些跪拜的老人，一定是些看懂古树的人，不然双膝下跪，还眼含泪水?

老人眼含泪水跪拜古茶，古茶吐着芬芳的花，抽着娇嫩的叶。花和叶的清香，飘荡在绿色的春风里，沁人心脾。老人虽是在跪拜树神，而更多的情感是为感恩。他们祖先喝过这古树上的茶，因而他们的祖祖辈辈喜欢上了这树上的茶。他们喝这树上的茶消食解渴，喝这个树上的茶醒脑明目。他们至今在喝它，他们的子孙也深深喜欢上了它。他们明白，他们血液里有这古茶的养分，他们的肠胃离不开这古茶的滋润。他们感恩它的赐予，也感恩它的美妙。

老人的跪拜十分虔诚，虔诚得一动不动。他们深知这古茶的神秘。这古茶是有魂的，它给人带来了身心的愉悦，体魄的健康。世上有多少人与它结下了不解之缘，世上多少人每天在喜欢与寻觅它。那漫漫的茶马古道，是怎么形成的? 是因为有这古茶的清香。古茶的清香，飘遍了云南，飘到了华夏大地，还飘到了世界每个角落。不管是什么肤色的人，不管是做什么的人，不管是帝王将相，还是平民百姓，无不喜爱它的清香，无不喜爱它的柔情。于是，古树上的茶，被精心采摘，装上精美的盒子，贴上华美的标签，走上茶马古道，源源不断运到遥远的地方。

站在这浩大的古茶园，会看到赶着马车的商人，在园外苦苦等候茶叶下树，在苦苦等候装茶后远行的马帮；会听到茶马古道上那成群结队的马队，驮着古树的茶，去缅甸，去越南，去京城，去欧洲的马铃声；会在脑海里闪现一辆又一辆装着古茶的马车，急匆匆地在茶马古道上赶路的画面。古茶，不仅滋润了一方，也滋润了整个世界；它的芬芳与柔情，已永久留在人们心头。品过它的人，都觉得芳香留心，脾胃温暖。它不只是一种饮品，而且成了文化。渗在人们血液里的是茶魂，而留在人们记忆和血液里的却是文化。千百年来，它奇妙无穷的香美与柔情，让人变得儒雅，让人变得细腻，让人变得豁达，也扩大了人们生命的年轮。

古茶树是神灵赐予的圣物，它养活了一代又一代这块土地上生活的人们。它是珍品，又是税源，它奉献了两千多年赋税。用它制作的熟茶，胃寒的人喜欢，肥胖的人喜欢，消化不良的人喜欢。它不怕陈，可以陈到数十年仍品质超群。人们收藏它，整个世界权贵都在收藏它；收藏就会升值，也是荣耀。一块极品熟茶，被炒卖到了天价。我对云南省财政厅预算处苏建宏和谭文先生说，云南省的“钱袋子”和国家的国库里，有古茶树的贡献。苏建宏先生说，那是肯定的。这漫山的古茶树，是摇钱树，几千年来直到几年前农业税被国家取消，它究竟生过多少税，那是一个天文数字。古茶树生长在这边远山野，它却是世界的茶树，它养活了一方人，也给云南乃至全国创造了无限财富和带来了无限荣光。

古茶仍在发新枝，它对人而言是古树，而它却不像古稀老人那样风烛残年，它仍蓬勃旺盛。它还会生长多少年，恐怕一代人或几代人，很难看到它倒下。它还会创造诸如茶马古道等影响世界的神话，也会创造出更为悠长的奇妙文化，也还会让这一方的人和世上的人长久敬仰。

绝美的山田和人

要不是它就在眼前，谁能想象元阳的梯田会比一幅绝妙的画还要美呢。

正是清晨阳光灿烂的时刻，站在元阳哀牢山上，观看漫山遍野的梯田，玫瑰色的艳阳照耀在山凹里，洒在水光闪耀的梯田里，田水把血样红的阳光折向四野，使得整个山谷披上了娇柔的红色。这红色，是野樱花、野木棉花、野桃花和棠梨花开得满山的红、白色里的丰富的红，鲜艳而羞涩，夺目而轻柔，纯真而深刻，即便是想象力无比丰富的画家，不见此景，也难以想象出这样激动人心的景色来。

随着晨阳的升腾，阳光由玫瑰红，变幻为粉红。再由粉红，变幻为淡红、金色，这不同光泽里的梯田，像变幻莫测的魔女，以呈现不同的颜色，尽显多姿多彩的神奇。这样的盛景，也是奇观，它给人的第一感觉是，震撼。美得惊喜，让人心灵颤抖。摄影师兴奋，画家惊奇，作家感动。他们的惊奇、兴奋和这样的奇美，让自己的创作失去了想象力，无须要讲究太多的技巧，也无须展开想象的翅膀，更无须在色调和颜色上绞尽脑汁，仅此就是一幅美的作品；无须虚构和夸张，如若把它的美的变幻，变幻中美的奥妙，奥妙中的本质，本质中的内涵，能够感受深刻，用不很空洞的文字描述出来，那是需要大师水平的。面对元阳梯田奇景，即便是一流的摄影家、画家和作家，要把它深刻的美挖掘出来，也是有难度的。

元阳梯田呈现的美，是光芒四射的美。而这奇美，不是天公的造化，是哈尼族人的大地雕塑。这让人对这奇美，有了更多的迷恋与好奇。这也是幅镌刻在大地上的山水画杰作。两千多年前，有个来自青藏高原的游牧部落，迁徙到哀牢山中。这里山高沟深，僻静温暖，鲜花遍野。他们累了，再也走不动了，也不愿走了，便砍些竹子搭起棚子，住了下来。他们经过了漫长岁月的游耕，渐渐发现可在山坡上开垦种稻。将稻米装在竹筒里密封，灌进山泉水，在火上烤，就成了香喷喷的米饭。再从山上采来野菜、打来猎物，从河里摸来鱼虾，就有了丰盛美味的三餐。田耕的生活，比游荡四野安乐，他们便在这大山深处引水开田，一层一层又一层，像搭建梯子一样，开一块种一块。梯田里有鸟粪，有落叶，很肥，还有湿润的空气。田里种的稻米长得旺，米很香，男人吃了强壮，女人吃了美俏，自然是养儿育女的好吃食。很快，部落里人丁兴旺，梯田出产的稻米不够吃。这样，梯田就一年开一点，一直开到了半山腰，也开到了山的尽头。

在这四季如春的哀牢山，雨水丰足，最适合种稻米了。而梯田里还可以养鱼。阳春三月栽过稻秧后，投入鱼苗。深秋时节，在收割稻谷的同时，一箩箩鲜鱼便成了餐桌上的美味佳肴，这使哈尼族人对梯田开垦有了更深的热爱。而要在这坚石盘踞的山上开凿出巴掌大的稻田，那却是与顽石的较量。两千多年前的这里，没有更多的铁器，开垦多用竹子和石块。这是一种缓慢得会让人失去耐心的开垦，且常年不懈。一代又一代人，一点点地掘去石头，整出平田，填充肥厚的土，开出一点种上一点，总能收获稻米。尽管开垦者难以忍受这苦累，但仍然蚂蚁啃骨头似地坚持开垦不止。开垦，也是与生命较量，常常一家人一年也开垦不出一个人口粮的稻田。尽管这样艰难，哈尼人仍然在这山坳里开垦了两千多年。多硬的石也拦不住他们开垦，坡缓地大则开垦大田，坡陡地小则开垦小田，甚至沟边坎下石隙也开田。因而梯田大者有数亩、小者仅有簸箕大，有的一坡就有成千上万亩田。两千多年是几十代人啊，哈尼人在这大山里雕刻自己的今天、明天和未来。因为有了如此坚韧的开垦，才有了今天多依树、坝达、老虎嘴、金竹寨、龙树坝等壮美无比的梯田奇景。

元阳梯田的奇妙，不全是山田里那水、稻和那鲜花怒放的田垄，还有那形状多姿多彩的田块。整个山田，是一幅精心绘制的巨画，而这幅巨作又是由多个生动的图案构成的。有的像猛虎下山，有的像多情的哈尼少女，有的像猎人在追野猪，有的像神马，有的像龙头，有的像云中仙鹤，有的像哈尼小伙背着哈尼姑娘……还不仅仅是单纯的图画，如若静下心来，敞开想象的翅膀，还会发现更为丰富、更为生动的景象来。

哈尼族人一釜一凿不舍开垦，创造了生活的乐园，也体现了一种百折不挠的精神，他们的精神雕刻在了这层层梯田里。而山田生活，又改变了哈尼族人的生存状态，改变了他们的思维方式，丰富了他们的审美情趣。他们在苦中追求乐趣，性格豪放豁达，歌舞陪伴生活，这些精神被浩然的梯田所体现，是他们征服自然的力量。而几千年来梯田农耕生活创造的壮美，又影响了哈尼族人的内心和美的情趣。这便是哈尼族的那句俗话“梯田是小伙子的脸”引出的，小伙子美不美，要看他造田做得怎么样，若是他筑埂、铲堤、犁耙田样样来得，就会得到大家的称赞，并赢得姑娘的爱慕。同样，姑娘美不美，要看她在梯田里做的活计好不好。

造梯田也给了哈尼族人造房屋的灵感。于是他们造房屋像梯田一样造层，造三层。最底下的一层养牲畜，二层住人，顶层做仓库。棚顶用茅草搭成的屋子，远看像蘑菇。这样，大大小小的蘑菇房点缀在梯田里，简直就像一个童话王国。独特的生存环境造就了哈尼人多姿多彩的服装服饰。那服饰的原料、色彩、款式、装饰手法，总是与梯田里的农耕生产离不开。哈尼族人有一百多种服饰，有纪念祖先迁徙的踪影，更有梯田农耕形成的文化沉淀。哈尼姑娘的服饰里，有着太多梯田的美，梯田的艺术，梯田的内涵。歌也好，舞也好，总离不开丰收和对山田的赞美。还有更丰富的梯田文化，体现在哈尼族人的崇拜物上。那日月盘上的图腾，是山田、水和动物，它有着深奥的象征与寓意。这些图腾和图腾上的寓意，是记录和提示哈尼人，感恩日月大地，敬仰山田和万物，祈求神赐给丰收与吉祥。没有漫漫两千多年梯田的开垦与耕作，也就没有哈尼族人这样精彩动人的农耕文化。

哈尼族人在梯田的开垦和耕作里，感受、发现、挖掘、形成了独特的美。梯田，是哈尼族人锲而不舍开垦大山的壮美图画；哈尼族人的生活美，是哈尼人世代不舍开垦大山给他们的回报。

黄佤家的春天

清晨披一身雪花上了飞机，我要去一个鲜花盛开的地方。在这北方的隆冬，一连数日的飞雪，还有那雾霾，让人无限渴望一步跨到花的海洋，泉的天地，鸟的王国。那个思念了很久的云南耿马县一个叫黄佤家的小镇，是这次去的地方。昆明的陈玉柱说，那是个童话般的花的小世界，还有诱人的香蕉与黄佤族的姑娘，也是一道风景。香蕉与黄佤族姑娘有什么关系?说黄佤家姑娘们穿着美丽的裙子采摘香蕉呢。那里有成千上万亩香蕉园，黄佤家的姑娘采摘黄澄澄的香蕉，那一定很诱人，但我要看的是这里的香蕉园，铺天盖地开着紫花的香蕉树，那是中央财政扶持起的摇钱树。这是一次对黄佤人家生活变化的访问。这里是云南的最南端，与缅甸相依的地方。这里住着三千多口黄佤族人。“黄佤”，因崇尚黄色，身穿土黄色的衣服而被称作“黄佤”，是一个文化习俗很特别的村落。

黄佤小镇当然如我想象的烂漫春天那样，一踏上这片天地，我就被花的丛，花的树，花的鸟，流花的溪，还有佤族姑娘那银铃般的笑声包围了。是春天，却很难感受到是春天，像是北方的秋天。香蕉熟了，三角梅开得漫山遍野，树上花果也在飘荡芳香，是秋天也是春天、夏天。小镇的一切说明这里没有春天，这里四季如春。

黄佤家的村落，被香蕉园包围着。远远听到甜美的歌声，那是从香蕉园深处传来的。正是阳光灿烂的日子，有歌声飞扬，我被歌声赶走了疲劳，闻歌而来。黄佤村的香蕉熟了。采摘香蕉的佤族姑娘和佤族小伙，又成群结队进了香蕉园，像去赶演出。黄佤女子挽发于顶，头缠黑包头，上着黄色无领短衣，下穿黄黑裙边的齐膝筒裙，腰系黑腰带，佩戴样式各异的银手饰和大耳环；黄佤男子身穿黄色无领对襟衣和黑色宽腿长裤，英俊倜傥。丰收的香蕉，让佤女佤郎脸溢幸福的笑容。高大的香蕉树上，结着硕大的香蕉辮，把蕉树累得弯了腰。他们唱着歌，三四个人围一棵蕉树，挥舞锋利的刀，把那尚青的、泛黄的香蕉砍下。落树的香蕉大多有上百斤，几个人张开双臂接下来，再轻轻地码起来，等待装车，很快会运到繁华的大城市。黄佤村的香蕉肉质细腻，不论是大小，甜中有种奇特的清香。这甜和清香，正合了这里空气中的味道，也让人感觉是少女身上的美香味道。

采摘的歌声一浪高过一浪，唱的是什么？是《黄佤家的田野》：从来没见过这么美的阿妹，也从来没吃过这么甜的香蕉\ 香蕉由阿妹种啊，香蕉由阿哥来采\ 采的是甜蜜的爱情，采出甜蜜的日子……要感恩香蕉的根，要感恩香蕉的爱……这采摘的歌声，飘扬着喜悦的心声。而这词，谁会听它的真正含义？黄佤姑娘说，没有北京、昆明的人帮种香蕉，这里不会有香蕉。原来，他们在赞美赐予他们美好生活的人们。是的，几年前的黄佤家镇，还没有像样的蕉树呢，确实是昆明的人，北京的人，带来了一大片又一大片的香蕉林。

黄佤姑娘说了个概念，而我深知其因。在来黄佤家镇之前，云南财政厅预算处长苏建宏说，你该去看一下那个地方的香蕉树，政府帮着种的，让黄佤人家每年每人收入近万元呢。老苏还给我介绍了开发香蕉园的财政政策，这些政策把死寂的土地激活了。

这激活了土地的事，我在北京国家农业综合开发办公室就听说了。虽然北京离这黄家佤村遥远，但这里制定了一项政策，也就是土地开发和种植香蕉的资金补助政策，云南财政预算部门也安排了兴旺香蕉产业的奖补政策，支持做大边境地区香蕉等现代农业，黄佤得到了这项政策阳光的照耀。所以这片亘古以来就寂寞的土地，被一种神奇的耕耘方式唤醒了，引来了一种神奇的蕉树，用一种神奇的方法，把个过去只能长低矮蕉树，只开花难结蕉的树，变成了高大的蕉树，结出了一捆捆柱子般粗大的美蕉。

吃着佤女佤郎递来的绿里透黄的香蕉，感觉与都市大多出售的香蕉味道有着天壤之别，最大的不同当然是香甜和鲜美，细腻而柔润。都市人崇尚进口香蕉，还说是美国产的，就因为它个头粗大，惹得人买了摆着好看，而那是一种颜色黄鲜但咬起来生硬并酸涩、食后使人胃里不适的香蕉。出于对这样的香蕉厌烦，就有了国家财政与云南财政在边境地区的种植谋划，也就有了这望不到边的香蕉园。

这无际的香蕉园，它结在树上的果实实则是成捆的钞票，让黄佤人有了别墅式新房，有了汽车，有了丰厚的存款，有了笑不够的日子。走进黄佤族人的村落，走进黄佤人家，城市人有的电器，家家都有。这种“有”，是日子富足了的有，显得自然而然，名副其实。站在村庄高高的地方，望那异国乡村遍地稻草房的村庄，一种油然而生的自豪感，直穿喉咙：国家财政与云南财政，仅仅是一项政策和适当的投入，就使黄佤家等这样的偏远村落，由穷变富了，且成了国家门口的一朵盛开的鲜花，成了一个大国人们的“脸面”。我为这项财政政策产生的生动效应感动不已。

走完黄佤家的香蕉园和住着别墅式房子的黄佤族人家，我就想，国家的强盛，真像大江里渐渐涨潮的水，潮水越往上涨，江面就越宽，而水也会润泽到很远的在方。今天的黄佤家，在这边境上只有 3 000 多人的村镇，能有这样的变迁，是“潮水”深厚渗透的结果。财政的政策如今变成大江里的一股潮水，渗到这边远的村庄，实在是财政人的历史功勋。

我带着黄佤家香蕉成熟的清香味，回京随即去了财政部预算司许留庆和梅宏永的办公室，他们与同事曾经是扶持边境地区发展财政政策的制定者。我崇敬这个政策，这是项了不起的政策，设计的政策动了很多脑筋。虽然京城的雪很厚很冷，可我按捺不住激动，给他们描述黄佤家这个春天大地上出现的喜悦，云南边境出现的喜悦。像黄佤家的贫穷变富裕，仅仅是他们设计的财政促进边境发展的一个点。而整个云南 4 000 多公里的边境线上，乃至全国的边境线上，这项政策也在如同黄佤家一样，正让国门口开满了鲜花。

他们跟着我喜悦，但很快把头埋在了一堆数字里，他们在琢磨更多的数字，这些数字会变成江河里的浪潮，滋润更多的像黄佤家这样的寂寞边陲。我在他们那一连串枯燥的数字里，看到了财政人浓厚的情感。

绿宝石山村写意

村子落在苍翠山弯，几十户哈尼人家的村庄，依偎在一条河的边缘和山的怀襟。这是个叫班角老寨的村子，它是云南澜沧县糯米乡的一个地方。它是入缅甸必经的第一个村寨，也由此被称为澜沧县“国门第一寨”。

一条弯弯曲曲山路走了好久，看不到前方是什么，是河池，是山岗，还是浓厚的山林。还要绕着山林走，走到头，会让我感到什么呢？朋友说，这是全国下雨最多的村，是全国边境线最长的村，是外国新娘在当地最多的村。这一定是个很有意思的村，我走酸了的腿，顿时有了劲。而所有这些，虽使我好奇，而这个村令我迷恋的，却是另一番景致。

正是午后斜阳西沉的时候，河和山的苍穹尽洒在金色的春阳里，使得村庄、河和山的一切闪着光辉。春阳仅仅是让这村庄、河和山弯妩媚动人的灯盏罢了，最令人震撼的是这河和苍穹，还有村庄里的哈尼人。我先被这山村绝美的河和山弯迷住了。一条蜿蜒的河，镶嵌在山弯里。河在山弯里并不稀奇，而稀奇的是这河里缓缓流淌的水，它绿里透蓝，蓝得纯粹。山弯里是名贵林木和高大如林的草。寻常的林木和草，没有什么新奇的，而新奇的是这林和草的叶子，绿里透嫩，绿得鲜嫩。绿蓝的水，鲜嫩的树草，还有山岗上镶金边的白云，这样的景致，顿时让我陶醉在其中了。

这河像绿蓝相间的宝石裙子，围着嫩绿色山弯。这又绿又蓝的水，是从什么地方流过来的，是澜沧江的游子，还是山涧的清泉水，不得而知。这水像调了绿与蓝的颜色，绿蓝得让人入目惊叹。河水清纯得如琼浆玉液，河底的山石雪白如玉，这是水纯净和多情到极致的缘故。这绿蓝得极致的河水，如若没有嫩绿鲜亮的林和草，会让人怀疑它水的品质，也会让人对这美产生怀疑。因有了这嫩绿鲜亮的山弯，便有这绿蓝得晶莹剔透的河水，就不足为奇了。这山弯的美让人震撼，也因这宝石绿蓝河水的缘故。它们呈现的生机盎然的鲜亮与清纯透亮的绿蓝，是相得益彰的整体，是自然缩放在这里的极致的绝美呈现。

寨子沿河，也被山弯拥抱着。这鲜嫩的山弯，吐着鲜嫩的水汽，弥漫在河里，也弥漫在寨子里，寨子里空气也透着嫩绿；平静而柔情的河水，是汲取了山弯的鲜嫩的绿，还是它以绿与蓝的精髓，滋润了苍穹的树与草？看起来绿蓝的河水滋养了苍穹的林草，使得它像青春少女一样鲜嫩，而苍穹的鲜嫩滋养了河水，使得它清纯极致的绿蓝。这正是“山清水秀”的确切表现吧，这也正是迷人的所在。

我痴迷地欣赏山弯和绿蓝的河水，喜悦地感到，我所看到的许多山清水秀的地方，与这山清水秀相比，真是多有逊色；“山清水秀”，原来应当是这个样子的，鲜嫩茂盛且吐着绿色空气的山，水清得透着绿与蓝的灵魂。这样的山，这样的水，才真正配“山清水秀”的形容。

这河离开山弯的地方是缅甸，这山弯后面是缅甸。沿着这条绿蓝的河，可以走到很远，沿着这个山弯，也可以走到很远。寨子有 20 多公里边境线，就这样走，来回会走一天。在这样极致的景色里，在这绿得身心清爽的空气里，真想徒步走完寨子的边境，那一定还会看到更加绝美的景色，还会一睹这清得绿蓝的河，它是如何汇入汹涌澎湃的澜沧江的。对这美的寻觅，一定是我一生中难以见到的鲜嫩的清雅，最难得一览的壮美了。

寨子是山弯的美景，那平坦闪光的石子路，那开摩托和小车进出村的村人，那绿水环绕和绿树吻云中的哈尼族楼房，那寨里传来的哈尼族姑娘的歌声和笑声，也是有声有色的美景。一位笑声爽朗的少妇，坐在河边亭台上做绣活，在绣花和蝴蝶，一脸的喜悦。她在喜悦什么？她说，她喜悦的事情好几件呢。她是从缅甸嫁到这班角老寨村的第十六个姑娘，也是嫁到糯米乡的 30 多个缅甸姑娘之一。嫁到这样美丽而富有的村很幸运，有抽水马桶、电话、电视，城里有的电器都用上了；老公能干也很疼爱她，她快要做妈妈了。她们这些嫁到这边疆村寨的几十位缅甸姑娘，串起了与缅甸村寨的红线，她们把自己的妹妹“牵”过来，还把亲朋好友的“阿妹”也牵到了村寨，也还把弟弟妹妹“牵”了过来上学。这里的学校有 100 多缅甸孩子在读书，学费云南财政全给出了。

这百年老村变成山弯里引人入胜的一景，是中央和云南财政的一项奖补政策，让这偏远老寨的哈尼人，不掏一分钱，只出工出力，就实现了住行生活的百年跨越。村寨的美丽与人们的笑脸，使这山弯和绿蓝的河，更加生动感人。若不描述班角老寨村生活美的绽放，单纯说这绝美的青山绿水，是有失色的，是不完全的。在这偏远的山寨，看这现代农业区带来的富足而文明生活，是比看任何美景更为兴奋的事情。一个美得极致的地方，人们的笑脸和笑声，也显得很美。

我羡慕走这青山绿水间的班角老寨的哈尼人，他们守着这样美的山，喝着这样甘甜的水，也呼吸着没有一点异味杂质的空气，真是生活在仙境，在仙境里做神仙啊。也敬仰起班角老寨的哈尼人，他们祖辈守着这块绿宝石般的山河，也奉献给了这片土地一块美丽精致的“绿宝石”。这样的地方，在云南的边陲线上还有很多，处处让人感慨万千，处处让人留连难忘，以至于我回到京城很长时间里，那些极致的美景，像刻在我脑海里的油画，时常呈现且在感动我。感到这里的美，是完美无缺的美，是难得的自然之美，是比宝石还珍贵的美。

山茶花一样美的村庄

那些奇特的美，如同艳遇，是要碰运气的。我们被佤族人的山茶花迷住了。漫山遍野的山茶花，像粉嘟嘟的小姑娘，张着小嘴唱山歌呢。一坡又一坡浓艳的茶花，把我们勾引到了一个山口，谁能料到山下的奇景，比山茶花还要美艳：村落涂上了厚厚的金，也穿上了玫瑰色婚纱，那不是金，也不是纱，是晚霞。这浓厚的霞光，把一个苍老古朴而建筑精美的傣族村染成了一幅色彩纷飞的油画。这个叫糯干老寨的山乡，是云南澜沧一个迷人的地方。

站在绚烂多姿而芬芳扑鼻的花丛里眺望山寨，峡谷里山寨的房屋，在金阳里多了几许神秘。疾步扑向山寨，山路弯弯曲曲才到了去山寨的路口，而进寨也让人生情，山茶花几乎拦住了山岗的路口，山茶花开遍了小道旁。这笑得开心的花朵，这香得醉人的空气，这油彩一样的阳光，这像傣族姑娘服饰和裙子那样层次丰富的山寨，还有那山寨里在房檐边向人招手的芭蕉树，还有那“哗啦啦”流向山寨的金波闪烁的小河，都似甜香的米酒，让人激情满怀了。

山茶花丛中闪出两个傣族少女，她们每人手捧一捆山茶花枝，粉红的脸与山茶花一样美艳。山茶花就开在她们村边，采摘这么多山茶花要做什么？少女说，在北京和昆明上大学的哥姐要走了，他们要把山茶花带到学校去。用山茶花送行亲人，多有诗意的事情，多么浪漫的女孩啊。多想知道她们心田装有多少美的念头，再要同她攀谈几句，多想跟她去看看她们大学生的哥姐，问他们为何要把这么娇嫩的山茶花带到学校去，还想知道她们家人情牵山茶、山茶花的情愫，可两位少女怕见陌生男子，面对我们羞涩得一位低头不语，一位舌尖不停舔唇。随之嫣然一笑，像蝴蝶一样“飞”了，眼紧瞅她们“飞”入巷子里，可巷子花太艳，树太多，竟然让她们风一样地在眼前消失了。

看上去远古的村寨，是一色的青瓦木制阁楼式房屋。这样的房子，虽是傣族人的建筑特色，却保持着明朝风格，或者保持着唐朝和宋朝风格。它们保持了祖先创造的最智慧地方，木、竹、砖、瓦结合一体，形成了宽敞、高大、精美的阁楼造型。虽然样式古老，却仅有几百年历史，但它透着远古以来佤族人浓厚的文化。

山寨飘着茶香，谁家在沏茶，香味沁人心脾。闻着茶香走去，而进寨得跨过一座小桥，可小桥下面还有另一番动人情节：从山茶花开遍的山上流下来的河水，青绿得如山茶花的叶子，水上也飘着山茶花，水里游着洁白如雪的鸭子，鸭子翻滚般地捕捉鱼也逗着随波起舞的山茶花，小河边沙滩上是星星点点的圆而光滑的绿翡翠石，原来那不是绿翡翠石，是鸭蛋。谁家的鸭子下了蛋，在等鸭主人来收蛋呢，人们经过小河谁也没有去拣它。

茶香来自小河边一位姑娘家。姑娘家的茶座宽敞，她请我们品尝她刚沏的茶。精致的瓷茶壶上是美艳的山茶花，长得像象鼻的壶嘴，优雅地吐出汤色明亮的茶，本来弥漫茶香的茶屋，香气更加浓厚而悠长了。茶是生普洱，好像是古树新茶。这是极品茶，喝在口甜爽里透着浓醇的味道，还有那滑口、润喉、回甘的感觉，几口入腹顿时舌根生津，神清气爽。姑娘的哥哥是热情的傣族小伙，他把这茶的品质，讲了许多玄妙之处，定是茶博士，让人增了见识。尽管他的话大多听不懂，但我知道了他在开茶叶加工厂，也知道了他的妻子与妹妹在北京马连道茶叶街做茶叶生意，很红火。京城马连道茶叶一条街，那可是全华夏茶叶黄金街，能在这里做茶商，不管生意大小，都是了不起的。茶房后面就是他的茶厂，茶厂里码满了装好箱的茶。当然这茶厂，政府财政是有补助的。这茶一定是发到京城的。喝着这甜香的茶，对这茶起敬，对傣族茶博士也起敬，这在京城来说远在天边的小山寨，这开满花的茶树，这茶，这茶屋，这山寨，这美丽的傣族姑娘和傣族茶博士，都连通着京城呢。沏茶姑娘和茶博士的茶，让人回味无穷，告别时还送我一块生普洱茶饼，茶香四溢，竟把我香了一路。尽管他们在做茶厂与销售，但傣族人的质朴与热情，是没有杂质的。

喝茶的功夫，金阳变成了血红色，古老的傣家山寨又是一番绝美的晚唱。走进寨子街巷，上了一户傣族人家小楼，只有两位老人，老人的话听不懂，但像待贵客那样迎我们上楼来。阳台上的茶树也正开着茶花，红得鲜亮。火堂火光映屋，茶桌上漂亮瓶子里插着山茶花，很像是那两个小姑娘采的山茶花。一定是其中一位小姑娘采的花，一定是她哥或姐把一束山茶花插在了家里花瓶里。小姑娘一定是送她上大学的哥或姐去路口坐车去了。多想听这山茶花和美丽傣族少女引出的故事，可又成了一个影子，让人心里产生无限联想。

夕阳里的古寨，静的动的，还有风，都成了葡萄酒色，让人沉醉。我们走向寨子深处，去享受古寨里晚霞尽染之美。沿着小街漫步，茶香、饭香让人很想留下来。有人想留我们吃晚餐，那是一个叫波叶过的傣族汉子，他正在修建制茶厂，我们聊得很投机。他有几十亩茶园，他渴望与外界联系。天已渐晚，暮色要留客。他说，他家有好茶，喝一壶再走吧。看他忙得分不开身，哪好打扰。又遇到一个热情洋溢的傣族人，又遇到一个办茶厂的人，这山寨的人们谈吐并不像远古的房子那样陈旧。

回京城常想起那个山寨。在京城的马连道茶叶一条街，看到了云南景迈古茶树品牌的茶，闻起来还是山寨的那种茶香。对这茶有了一份亲切感，这是来自山茶花盛开并且很美的那个村庄的茶，它勾起了我对那个金阳和夕阳里山寨的长久回味和遐想。

在蝴蝶泉边品美

神秘的三角梅

感受大理的山水之美，最让我流连忘返与难以忘却的是白族文化和如花蝴蝶般的白族姑娘。从白族文化里，随手采一朵小花，就足够让人回味许久，从白族姑娘那里，随便听她们唱什么歌，就足够让人联想许久。

大理是个美丽的传说

大理城沿洱海，站在缓行在洱海的高高的船上，可以眺望大理城景。你想描述大理的景致有多美吗，你想画出大理绝美的山水吗，对于即使高明的作家和画家，也是极有难度的。因为大理的美，是像白族姑娘头饰和裙摆那样精致而色彩丰富的美。

于是，就听到了一个传说，大理原先是四面环山的大海，就像洱海这样湛蓝碧绿的海，后来成了花的世界、云的家乡、蝴蝶的天国，是一位白族公主美丽身体的化身，变成了这精美绝伦的地方。这位白族公主，是为逃脱一桩庸俗婚姻而死去的。她的情操与气节，感天动地，神灵把她高贵的身体变成了大理。所以，大理有多美，那位白族公主就有多美。

这个大理来历的传说，被艺术家编成了“大理的眼睛”，在每天晚上大理宏大的露天剧场上演出，让人对大理的美，多了几许遐想，也给大理美的缘由，找到了一份浪漫的诠释。

蝴蝶变的白族姑娘

蝴蝶泉里流出的清凌凌的水，那是清得像琼浆玉液的水，想必这水是为美丽蝴蝶而降临世间的。可惜这是深秋，蝴蝶已寥寥无几，倒是人像蝴蝶群，蜂拥在泉边，你一捧他一捧地争抢这蝴蝶享用的圣水。

看到了蝴蝶泉的蝴蝶，是在泉边的温室蝴蝶园里。这里有世上最美的蝴蝶。它们飞来飞去，落在花上，落在人身上，甚至还落在人的耳朵上，跟人是那么地熟悉亲热。

大理的蝴蝶都穿着五彩缤纷的花衣裳，那是鲜艳得天下难找的颜色。这鲜艳的花衣裳，被白族姑娘临摹了去，便有了白族姑娘那银光闪耀的头饰，有了那艳丽而多彩的衣裳。如果把白族姑娘看做是蝴蝶泉飞出的蝴蝶，是蝴蝶泉蝴蝶变的，那毫不夸张。

大理金花有多美

都叫白族姑娘为“金花”。金花，金子一样闪耀光亮的花，像金子一样珍贵的花。金花的美丽，是什么样的美丽，高高的鼻梁、小小的红唇、微圆的脸蛋、蛋清白的皮肤、纤细的蜂腰、银铃般的嗓子，戴银冠，穿花如蝴蝶的衣裳和裙子。她们个个是蝴蝶变的，也是天女下凡的花仙神子，她们被赞美为“金花”，是再确切不过的比拟了。

“五朵金花”的故事、“大理三月好风光”的歌曲，早已成为大理的文化品牌。在洱海游船上，看“五朵金花”的故事，听“五朵金花”的美妙歌喉，看“金花”们的精美表演，再与“金花”们交流，我对大理“金花”的印象越发深刻了。大理的“金花”，美丽精致得若花，是那么自然而秀雅、耐看，饱人眼福 。

白族苦茶不是苦茶

一苦二甜三回味，点点滴滴传真情。白族少女唱着热情的歌，端上了第一道白族苦茶。喝第一口，正如她那甜美的歌喉唱的，苦，而喝到第二口，就有了甜味，再喝就更甜了。第二道茶，是甜茶。甜茶甜得纯正大方，但甜而不腻。第三道茶是回味茶。有苦味，苦味中有甜味，甜味中有苦味。白族姑娘说，这味就是亲亲热热、天长地久的味道。

这是给情郎喝的茶，这茶的甜和苦，苦和甜，甜甜苦苦，苦苦甜甜，莫不是爱情和生活的真实味道吗。爱是甜的，也不完全是甜的；生活是甜的，生活也不完全是甜的，苦和甜都渗在其中了。这苦茶的味道，就是两个人未来生活的味道，她是要告诉情郎哥，生活是杯苦茶，人生是杯苦茶，也是甜茶，是苦中有甜，苦与甜中回味无穷的“茶”。

白族的苦茶，藏着深奥的爱情与生活哲理，越品越有味。

九位国王的归宿

大理崇圣寺的高僧殿里，虽游人冷清，但却让我对白族、南诏国、大理，肃然起敬。让我起敬的不是大理国的曾经九位逊位国王的过去，而是这九位逊位国王在寺院做了和尚后面的故事。

原来，这九位国王全都不是不爱江山不恋俗尘的人，他们出家修行，既与南诏大理国当时实行的政教合一的统治有关，也有其他迫不得已的缘由：在战争中失败，被废为僧；政权不稳而隐退为僧；迫于专权，不得已而下台；新国王即位，原国王出家为僧，以安定人心。其中四位为僧的国王，是因战败等原因被赶下台的。

尤其让人感慨的是，战败的段思英，没有被杀头，没有被株连九族，而是被废帝为僧，毫发未损地做了佛家大师。还有三位国王，被人赶下台后，也毫发未损地做了佛家大师。胜者为了王，败者成了寇，大理的胜者并没有赶尽杀绝，没有血雨腥风，而是给了败者活路、尊严，也给了败者家人族人平安。这种政治制度与文化，是何等的宽厚和文明。这种宽厚和文明，让人感慨不已。

南诏风情岛有太多奥秘，碧水涟漪的洱海上，南诏风情岛像一个细长的小艇，停泊在美丽的海中央。在一丛丛三角梅的簇拥下，我观光岛上浓缩了大理数千年的文化奇葩和凝聚了大理两朝六百年的皇都风采。我着迷南诏行宫借鉴的唐朝的屋顶、吐蕃的墙与窗的建筑风格；我品味影响滇西数代人精神世界的沙壹母群雕记述的神话故事为何魅力四射；我惊愕曾经势力大小相当于今天一个小镇部落式的南诏竟然成为强大的军事王国，其疆域扩大到洱海领域，直到扩张到今天的四川、贵州、广西一部和云南全境，为现在云南省面积的27倍，而且与当时的唐王朝及吐蕃王朝鼎峙并存了近两百年的辉煌；我好奇白族人本主崇拜的信仰，使大理白族自治州具有“五百本主”，村村寨寨都供奉本主，且都设有本主庙，有各自的本主节的文化缘由……这些南诏风情岛上闪烁的灿烂之光，哪一束都有长长的故事，都是一个又一个长长的谜。太想知道这些迷人的故事，太想知道这故事里的谜。这些谜，就像这岛上的三角梅，有白的、有黄的、有红的、有紫的，神秘得让人感到扑朔迷离和高深莫测。

我渴望知道岛上牵我心房的谜，想请人来告诉我，但神秘莫测的三角梅却朝着我摇曳。我问三角梅，这是怎么回事，三角梅笑而不答。

木鼓声里的佤族

这最远古的佤族部落，不久将被有自来水和抽水马桶的别墅代替，烟斗不离手的妇女也会越来越少，沧源翁丁寨的佤族人会结束几千年原始部落式生活，但相信他们的精神图腾——木鼓还是会永久存在的。佤族人创造了木鼓，木鼓发出神奇的声音，木鼓的声音穿透了佤族人的心灵，佤族人崇拜这木鼓的声音，他们把木鼓声音当作人与神的对话。这不是迷信，这是一种精神的文化，令人崇敬的精神文化。木鼓，让更多人了解了佤族人精神世界的丰富和他们大家庭式的亲和之美。

寨外传来木鼓声，“咚——咚——”沉闷而响亮。翁丁寨佤族人在做祭祀。佤族人的拉木鼓祭祀，那可是部落决定大事、出征战斗、部落迁移、王位易新、表彰英雄、接待贵宾、告急友邦、发生灾害必须做的隆重仪式，还有祈求五谷丰登、人畜兴旺、村寨平安等事，都要击打木鼓。而今天的木鼓击打得悠扬而响亮，是在做什么祭祀？他们在欢迎远方来的尊贵客人。今天的寨子迎来了远方一群群客人，佤族人以他们的真诚与热情，欢迎客人进村。

这个佤族部落，是中国最后一个佤族原始部落。我被这木鼓形成的历史文化穿透了内心。

祭祀在寨外的大榕树下。佤族少女引领观看这盛况。这祭祀是佤族人几千年来沿袭的活动，至今还是那么认真与虔诚。祭祀队伍很壮观。长者与几十位妇女、壮汉围牛腰般粗壮的空心木鼓做祭祀。木鼓造型酷似女性的生殖器，象征母体与母亲生育功能。长者杀一只鸡，鸡血喷出，接到碗里，一边领众人向天向地以舞以歌并念诵经词，一边把一碗鸡血洒到木鼓和祭场周围。

鸡血飞溅，祭祀庄严而神圣。长者与众人念出祭词：我们杀雄鸡 \ 我们祭木鼓 \ 梅依格（吉神）你最大 \ 众神灵里你为王 \ 回来吧好木鼓 \ 赶走晦气 \ 找回吉祥 \ 回来吧好木鼓 \ 告别衰败 \ 获得兴旺 \ 木鼓房与天同高 \ 木鼓房与地同宽 \ 村村寨寨都建它 \ 座座山头都有你。这是崇拜木鼓的以血祭祀，也是在以歌舞娱悦鼓魂。佤族人坚信万物皆有灵，人们认为只有用虔诚的心祭谷魂、吉祥神和五谷丰登的女神，才能人畜平安、庄稼旺盛。那“生命靠水，兴旺靠木鼓”变成了千百年来的谚语，至今流传在佤族人的口头间。而这条谚语里，却有着丰富的内涵。

以歌以舞以血祭祀后，是拉木鼓。拉木鼓，是祭祀中意味深长的内容。拉木鼓，由佤族长者呼唤引领，众人用绳子轻轻地拉起木鼓，把木鼓拉到寨子里。这是从榕树林到寨子很长的一段路，长者在前唱着歌，众人拉着木鼓也唱着歌：大家齐迈步呀 \ 稳住脚跟慢慢走呀 \ 大家用力要均匀 \ 别学蟋蟀跳呀 \ 要像水牛慢慢走啊 \ 步子不匀容易累 \ 均匀迈步拉到底啊。唱完一首接着唱：花桃树好木鼓 \ 快快回到你的家 \ 红毛树好春臼＼我们请你来当家＼选中的藤条开白花＼选中的木鼓结红果＼喝的泉水清又甜＼我们的歌声震山谷＼爬起来吧好木鼓＼千人请你来当家＼万人请你来做主＼快快回到你的家。

桃木木鼓很沉，需要众人齐心协力才能平衡拉走。众人唱着歌，歌也是祭词，声调又似号子，使得每个拉木鼓的人脚步轻柔协调。用力和步子倘若不一致，木鼓拉起来费劲且会碰撞人。所以，佤族人拉木鼓既是祭祀形式，也是通过拉木鼓协调人们的用力和步子，传承只有部落人握成一个拳头才能战胜灾难的群体文化。这也是佤族人祖先创造的一种行动，一种蕴含深刻思想的集体行动。

这个深刻思想，是一个流传久远的生动故事被一代又一代佤族人传承的。木鼓的故事，有好些版本，可我愿意相信这个传说。远古时有一对佤族青年男女，在山上结为夫妻，生下四男四女，过着幸福的生活。不料夫妻俩无疾而终。临死时，给儿孙留下话，不砌坟墓，节省土地；可做棺木，现砍现做；安葬后每十天贡一次饭，连续贡三次不再认坟。这种习俗一直延续到今天。夫妻俩的儿孙遵照老人嘱托，上山砍树做棺木，不料遇到一只猛虎，情急下他儿用斧头敲打一棵空心树，树“咚”的发出巨响，把老虎吓跑了，大家得救了。既然空心树的声音可以吓跑猛虎，那它可以吓跑更多的猛兽，还可以吓跑魔鬼。那时的佤族人没有弓箭，也没有大刀和长矛，他们终于找到了吓跑猛兽的办法。几个儿子做了一个空心木鼓，击打起来果然发声响亮。木鼓声音响彻了山谷，猛兽不敢接近。从此，佤族人的木鼓就诞生了。白天，他们集聚起来，敲击木鼓，上山打猎。夜晚，他们敲击木鼓，载歌载舞。木鼓声，吓跑了钻进寨子的猛兽，也让佤族人增添了无穷胆量。木鼓能赶走猛兽，又能取乐。佤族人对木鼓敬重和崇拜，所以木鼓和它的声音，成了佤族人精神的图腾，也成了佤族人的精神寄托。

今天的木鼓祭祀，全寨男女几乎都参加了。佤族人有葵花向太阳的向心力，有相互间粘贴的亲和力，领头人一呼，众人会一涌而上，拉着木鼓，每个人的用力、步子都整齐一致地走在节奏里，因而木鼓一步一步地移动，平稳而庄重，轻松而自然。在众人的欢歌笑语里，在众人亲近愉悦的相互配合下，不快不慢地把木鼓拉到村里。木鼓回寨，被贡放高处，祭祀随之结束。这就完成了一次众人手拉手、肩挨肩、一起拉、一起唱的亲如兄弟、亲如姐妹的神圣活动，男女都喜笑颜开地各回各家了，脸上挂着期待拉木鼓下次相聚的喜悦。

这是中国最后一个部落。寨子太老了，让人仿佛来到了数千年，或者几百年前的时代。除了电灯，找不到一件与现代文明相近的东西。可我感受到了一种超越时空的文明，那就是木鼓文化。一个木鼓传承了几千年，佤族人把木鼓当作丰富精神活动的造物，也把它当作全族人协作亲近的载体，实在是太了不起了。因为有了木鼓，佤族人增强了抗拒自然的勇气；因为有了木鼓，佤族人增添了抱团与一条心的亲和力。

透过木鼓，让人看到了佤族人的丰富智慧。

罂粟花噩梦

从来没有任何一种瘟疫，让全村那么多男人倒下。可有一种幽灵，却让村里很多男人倒下了。

那是20年前，不知是哪一个夜晚，有种幽灵般的花，是花的幽灵，从缅甸悄悄地进了这僻静的边关山寨村。这幽灵神出鬼没，可它盯上的却是年轻的小伙、壮汉，还有抽烟的人。年轻的小伙、壮汉，虽然有强壮的躯体，但最容易异想天开，更容易白日做梦，这种幽灵，最喜欢这样的人。于是，幽灵从一山之隔的缅村，钻到了云南省瑞丽市乡勒乡卡南村的人家，首先缠上了村里一个壮汉。缠上他很简单，就把那花的幽灵裹在烟卷里，他像平日吸一支“玉溪”一样，轻轻吸了几口，没想到这幽灵化成的烟雾，直窜心肺，一种异样的幻觉在脑海里顷刻呈现。那是金钱与美女，别墅与豪车，高官与厚禄，想什么有什么的感觉……他惊喜极了，快乐极了，幸福极了，似乎进入仙境，又似乎被一个娇艳而淫荡的魔女拥抱，从此放不下这种幽灵烟雾。那一夜，他用尽了自己挣来的血汗钱，又从妻子口袋掏走供全家吃饭和孩子上学的钞票，从那个“朋友”手里买白粉般的东西，东躲西藏地吸食，换取成仙的感觉。

这烟雾太妖，从一间屋子窜到了另间屋子，沁到一个年轻美少妇的梦里，那是他的妻子阿香。整天在稻田劳作的阿香很累。她在睡梦中闻到一股妖香。妖香使阿香的梦，更加奇妙：她的丈夫，比往日显得更加英俊，发了金山银山大的财，正在给她建造宫殿般华丽的家……梦很长，还梦到她的丈夫，像鸟一样会飞，带着她飞到七彩的云层，采回很多又红又绿又紫又蓝的云，她用它做了很多条迷人的裙子；还梦到他们生了女孩，又生了男孩，生了很多花朵一样美丽的孩子……这一场又一场绝美的梦，把她乐得笑出了声，笑醒了。正是深夜，可身边的丈夫去了哪里？他在另一屋抽烟，抽一种梦里见到的，一种美女招着诱人玉手的魔烟。她哪里知道，刚刚的美梦，是罂粟花酿造的噩梦。

阿香的丈夫沾上了魔烟，看到父亲抽得神魂颠倒，两个儿子也学父亲沾上了魔烟。那幽灵般的烟雾，是幽灵，是魔鬼，在蚕食她的家庭，在蚕食她的幸福。那时，他只是觉得抽抽玩而已，哪里意识到这魔鬼的凶残！

他曾是个干活如牛、心地善良的汉子。可这幽灵般的烟雾，让他一次又一次得到成仙般的幻觉，那种幻觉比抱着新娘还要激动。他哪能自己一人独享，他把这白色的幽灵，给了他弟弟，也给了他朋友。他们同他一样，像平日吸一支烟一样，仅仅吸了几口，就放不下了……放不下的人，又把这白色的幽灵，给了他们的哥哥弟弟、亲戚朋友。他们的哥哥弟弟、亲戚朋友，又给了他们的哥哥弟弟、亲戚朋友。很快，村里多半的小伙、壮汉，都被这幽灵牢牢缠住了。

阿香的新郎官迷恋魔烟，新娘也不想抱，更看不到新娘鼓起的肚子，更不想她肚子里的孩子，倒是逼新娘给他找钱，家里值钱物换成了魔烟，新娘看新郎过去壮实的身子，变成了一把皮包骨头。多少次，新娘那一串串热乎乎的眼泪洒在他胸膛上，哭天喊地地劝他不沾魔烟，而这娇艳的魔鬼缠着他的身，他哪里能摆脱。没钱买那吸食之物，他就卖血。阿香欲哭无泪了，眼看他和两个儿子变成一捆干柴。其实他已成了一把干柴，一把将要散架的干柴。终于有一天，他倒在了地上，再也没有起来。两个儿子吓坏了，不愿随父亲见阎王，跟着民警去了戒毒所。阿香带着幼子，寻找家的出路。被他父子吸魔烟吸得一贫如洗的家，连孩子的奶粉钱也被他吸走了。阿香拖着孩子种地，她要把这个家撑下去。

村里被这魔鬼索命的小伙、壮汉，越来越多。大多数男人被罂粟花魔带走了，村子成了寡妇村。寡妇们的日子该怎么过，寡妇村的名声真难听。寡妇们苦，寡妇们的亲人跟着一起苦。

村里还有神秘人出现，他们是送来幽灵、魔鬼的凶手，是杀人的凶手。警察守候，但他们比猴子还要精，他们深夜从缅甸进村，一晃又不见了，他们带进村的是那魔烟，跟警察玩捉“猫藏”。魔烟，还在缠更多的小伙、壮男。还会有人被那魔烟害死的。阿香害怕。

青山下绿树成荫的卡南村，太美了。卡南村的男人离开了很多，被魔烟害死的，永远回不来了；被魔烟缠身的，进了劳教所。他们还可以回来。阿香想不明白，这么好的村，怎么就会出现这样的灾难呢！难道就让村里男人一天天少下去吗？阿香喜欢这美丽的山村，她要在这里把她的儿子养活大。她痛恨罂粟，痛恨魔烟，她从痛苦中爬起来，想把这幽灵，这魔鬼赶出村。

她找寡妇姐妹，共同想了个办法。姐妹拉起手来，护村，把那些进村害人的魔鬼赶走，不让一个魔鬼进村。这个想法正合警察的意思。

从此村里有了护村队，阿香和姐妹们组成的护村队，她们白天黑夜像猫头鹰一样，盯着村里村外，盘问进村的陌生人，赶莫名其妙、形迹可疑的人离开村。从此，卡南村连外面的老鼠也休想进来，进来也休想落脚。从此，卡南村没了幽灵，更没了魔鬼，也没有人吸魔烟了。这场灾难，被阿香和她的姐妹们铲除了。噩梦里醒来的卡南村，又恢复了多年前的平静与生机。

从罂粟花噩梦中醒来的卡南村，大片甘蔗变成了钱，变成了小楼、别墅。

罂粟花噩梦的故事，虽已远去，但卡南村人刻骨铭心，永远记着那伤痛。

芦笙舞之夜

澜沧江的碧波与白浪激起了我的一腔诗情，真想今夜就守望在这江边，让这滔滔江水，把我的诗情再掀得比这波涛还要高，让我情感来一次彻骨的燃烧，也好使我写下这澜沧江之美。这是澜沧江的奇美与拉祜族人的雄壮故事，让我激动不已的缘由。澜沧江水恰是一曲高昂的弹奏，落入这美好故事的心的江河里，很容易让人陶醉。澜沧人看懂了迷恋这壮美江水的眼神，车子沿着江河走啊走，让我尽情陶醉在江河的诗情中。可是澜沧江不留客，再走也没有路，车子一转弯开到了白云环绕而苍翠神秘的景迈山上。

山上会有什么呢？山头望着澜沧江，山上有个仙境的住所。山上可以看到江，还有一个彩云漫步楼阁的布朗公主山庄。山庄门口，早有几位美丽的姑娘和英俊的小伙在等候这辆车子到来。他们是一群浓妆艳抹的精灵。他们是澜沧拉祜自治县歌舞团的演员，是与远方来的作家联欢的。我们今夜要入住这里吗？今夜的诗兴必定会如潮水般汹涌澎湃，也许还有美妙的歌声在等待远方的客人呢。院落里架起的篝火木等待被点燃，方桌摆上了美酒，看来今夜在这山庄会发生意想不到的欢乐故事。

夕阳还恋在山头，星星和月亮就来了。篝火点燃，几盘小菜上桌，晚餐开始，随着拉祜族姑娘小伙酒杯端起，歌儿唱起了。夕阳变成了熊熊燃烧的篝火，篝火映天红，夕阳回家了，抬头可吻着星星、亲着月亮。篝火染红了山庄，也染红了每个人的脸。拉祜族小伙的芦笙和三弦、吉他响起，拉祜族姑娘唱着歌儿、端着酒杯朝我们走来了，今夜意想不到的欢乐真的开始了，是芦笙舞之夜。

拉祜族姑娘的脸蛋白里泛红。近在身边的她们，让我看了个清楚，蛋白一样的脸颊，纯净得像澜沧江的水，白得像澜沧江的浪花，篝火的火红给她们涂上了油彩，真是这仙境山庄的仙女。她们还有甜美的笑容，还有银铃般的嗓子，更有对客人真诚的热情，我被她们点燃了情绪的火焰，喝下了她们一杯又一杯热腾腾的米酒。

歌不停，酒不断，活泼大方的拉祜族姑娘劝客人喝了碰杯酒，还要喝“交杯酒”，“抱抱酒”。当然这也是拉祜族学来的兄弟民族的礼仪。交杯酒，不交杯，是双方交叉胳膊喝酒。交叉胳膊喝酒，是酒杯绕到了对方的身后，对方看不见，是否可以不喝？姑娘喝了，我没喝。聪明的拉祜姑娘早就知道我会偷猾，甜甜地说，交杯酒要喝干！我不敢偷猾，只好饮尽。可每个拉祜族姑娘都要给客人敬喝交杯酒，她们是些纯美可爱的姑娘，喝了一杯，就不能不喝，谁好意思冷落其他姑娘呢。十多个姑娘接连而上，大方地一定要同你喝交杯酒。

醇香的米酒喝不醉姑娘们，我已半醉了。交杯酒是否每杯都喝到了我嘴里，我不敢肯定，但我感觉我醉了。姑娘们说，你把酒“喝”到了我裙子上。但我不是故意的，姑娘们也不生气，变成了她们的笑。喝完交杯酒，还要喝“抱抱酒”。“抱抱酒”，是轻轻地拥抱喝酒。我将醉，不喝行吗？姑娘们心软，特许我只喝一杯“抱抱酒”。一位绝美的拉祜族姑娘要同我喝“抱抱酒”。我不想马上喝下，也不想让这位姑娘马上离开，我问了她的名字，我问了她的年龄，我还问了她有没有男朋友。我感到她真诚地回答了我的问题。她有个好听的名字——娜妹。她的眼神告诉我，她的心像清泉一样清纯。我们在众姑娘的催促声中，轻柔而保持身体距离地拥抱起来，斯文地喝干了抱抱酒。这兄妹般的“抱抱酒”，让娜妹眼里产生了一丝深情。

米酒与我的诗情在心里翻腾和燃烧。跳吧，拉祜族姑娘拉着我们围着篝火跳舞。我们哪会跳舞，仅是跟着拉祜族姑娘蹦跳摆摇而已。拉祜族小伙的三弦、吉他和芦笙，弹奏得清亮而优美，那是节奏明快的“快乐拉祜”——“吉祥的日子我们走到一起，共同把心中歌儿唱起来，蜜样的幸福生活滋润着我，拉祜人纵情歌唱，欢乐的日子我们走到一起，举杯把祝福歌儿唱起来，祝福你幸福吉祥天天快乐，拉祜人纵情歌唱。拉祜拉祜拉祜哟，快乐拉祜人，拉起手来围起圈心儿贴着心，拉祜拉祜拉祜哟，快乐拉祜人，幸福吉祥吉祥幸福快乐到永远，幸福吉祥吉祥幸福快乐到永远……”拉祜族姑娘像轻巧的燕子，舞得那么优雅，还那么激情。她们把优雅和激情传递给了我，使我的细胞活跃，让我的心儿荡漾。

跳累了，娜妹请我唱拉祜族歌。我跟着她唱，“阿哥阿妹的情意长，好像那流水日夜响，流水也会有时尽，阿哥永远在我身旁……”这激情柔美的歌曲，原来是拉祜族歌曲。曲唱一半，我被这优美的旋律感动得控制不住了泪水，这是我眼前美丽的拉祜族青年男女和脑海里闪现的电影《芦笙恋歌》情节牵动的真诚情感。谁唱这首热烈奔放和委婉悠扬的歌，谁的心灵会受到震荡，这是火焰般爱情的美好和向美好生活招手的力量。这首优美的歌，催生过多少寻常的爱情，催下过多少男女晶莹的泪水，催生了多少人憧憬美好生活的情愫，难以说得清楚，而它动人心弦的旋律，却被一代代人珍藏在了心灵深处。

拉祜族人让人掉泪的歌，不仅仅是这“婚誓”的旋律，还有“实在舍不得”：“我会唱的调子，像沙粒一样多，就是没有离别的歌。我想说的话，像茶叶满山坡，就是不把离别说。最怕么就是要分开，要多难过有多难过。舍不得哟舍不得，我实在舍不得。你没看那风景像山花一样多，还有多少思念的河。你留下那情像火塘燃烧着，还有好多酒没喝。最怕么就是要分开，要多难过有多难过。舍不得哟舍不得，我实在舍不得。最想么就是你再来，要多快乐有多快乐。舍不得哟舍不得，我实在舍不得，我实在舍不得。”舍不得，有短暂的分别，有很长的离别，有永远的离别。人生在短与长的离别中，走到最后。再亲的人最后也要离别，短暂的离别是思念，长长的离别是伤感，永远的离别是伤痛。谁又舍得我们的亲人朋友离别我们呢。

这歌，真是一首让人掉泪的歌。想起了有人与它的情感碰撞，许多人哭了，在大庭广众面前。那是现场直播的央视演播台上，拉祜族姑娘小伙弹着吉他演唱“实在舍不得”，演唱未完，美丽的主持人董卿小姐哭成了泪人，台下的嘉宾也泪水涟涟。这首歌也不仅仅是让董卿和在场的嘉宾哭了，还有人也被它牵动得哭了。有一天，我的朋友一家在屏幕前偶然听到了这首歌。这是几位拉祜族姑娘小伙在演唱，是这曲词的穿透力，也是他们朴实无华的演唱，让他有一种久违的感觉忽然袭来，一时竟然感慨万千，泪水纵横。他为了掩饰在家人面前的失态，只好用手指压着眼角，尽力制止眼角液体的流落。他说，似乎很丢人，这么大年岁了，惊讶自己居然会为一首歌而感动掉泪；不经意的一次倾听，猝不及防的感动，莫名的脆弱和心酸，它触动的是我们注定的离别，谁也躲避不过的离别。

今晚的篝火映红了景迈山。篝火的柴，添了一堆又一堆，拉祜族姑娘小伙没有睡意，歌还要继续唱下去，舞还要跳下去。芦笙、三弦和吉他的吹奏，在山谷回荡，乐声和歌声太优美了，引来了好奇的蝴蝶，也让困乏的鸟儿在树枝上翩翩起舞。姑娘小伙又唱起了“快乐拉祜”、“真心爱你”、“新年快乐”，唱得更加动情而陶醉。这几首歌是他们引以为自豪的歌，是由他们拉祜族美丽歌手李娜倮创作并演唱红遍全国的。李娜倮的歌优美而令人动情。她以她的歌，把拉祜族迷人的文化，传播到了四方。这静夜里悠扬的芦笙和欢快的三弦、吉他声，这乐声里百灵鸟一样此起彼伏的歌唱，这乐声和歌声中欢快多姿的舞蹈，还有那拉祜族姑娘小伙脸上真诚和灿烂的笑……所有这些，都让我感动不已。

夜已很深，笙还在吹，歌还在唱，今夜拉祜族姑娘小伙不睡。拉祜族人歌舞太迷人，我想知道拉祜族人太多的谜。兴奋的娜妹跟我聊起了拉祜族来。我知道了拉祜族更为迷人的一面。那是雄壮的迁徙史。几千年前他们的祖先，有位哥哥带着他的弟妹从甘肃、青海漫漫跋涉，走了三年多，又走了三年多，来到了这种红土地。哥哥走不动了，射了三支箭，以箭落的地方，让弟弟们分别扎寨安家。一支箭落在了这澜沧江旁，一支箭落在了临沧，一支箭落在了缅甸。弟兄三个分别落在了三个地方。娜妹很自豪，她的祖先落在了这多情的澜沧江旁。更让我好奇的是，拉祜族人还谱写了他们创世史。创世史很长，长得像澜沧江一样。仅有几十万人的拉祜族，创造了辉煌的文化和壮烈的民族史诗，实在让人惊叹。这是今夜涌入我心灵并让我更为激动的地方。

黎明来临，篝火还在燃烧，吹芦笙和弹三弦、吉他的拉祜族小伙还不累，跳舞歌唱的拉祜族姑娘还不累，他们吹弹唱跳到了晨阳露山。唱起歌跳起舞的拉祜族人，永远不累。

这夜的芦笙歌舞，把我牵到了拉祜族人的身边，让我长久地想念那些动人心弦的歌，也想念送给我们美妙之夜的那些拉祜族姑娘小伙。

第二辑

相　思　树

相　思　树

老人的院落里，只栽一棵树，树上的花儿白里透粉，粉里透紫，像她做新娘时的裙色。树向东南斜着，花儿也向东南开着。树叫什么树，花叫什么花？树无名。树是无名树，花自然是无名花。树为何朝着东南栽，花儿为何向着东南开？树是老人有意朝这个方向栽的，那是缅甸方向；花儿是朝缅甸方向开的，也是老人刻意的盼望。这种树，在这个老旧的院落，种了至少几十年，这种花，也在这院落开了几十年了。这树这花，在这边陲小镇，很难见到，谁也叫不上名字。老人说，它叫相思树，开的花当然叫相思花了。谁人不识相思树，谁人又没见过相思花？村人质疑她的树名，老人坚持说它就是“相思树”，开的花叫“相思花”。村人虽没见过这种树，但明白老人的心思，她是在思念一个人，一个 70 多年前赴缅甸远征未归的新郎夫君。这棵树，是她从松山深山挖来栽种在门前的，她叫不上树的名字，她就称它为“相思树”。相思树上开着相思花，芳香扑鼻。

老人守寡 70 多年了，自她新婚的丈夫参加远征军那天起，她几乎每日朝村口东南路口张望，等待她的夫君回家。冬去春来，春去冬来，战争结束了，远征的将士一批又一批回来，即使人没回来的，遗骨也回来了，可望眼欲穿，不见夫君归来。她听说他在松山战场，又听说他去了缅甸密支那战场。她去松山找他，在松山被炮火烧焦的泥土里苦找，没找到他的一点踪迹或一根毛发。他的头发是自来卷，只要没有烧成灰烬，她也会认得出来。她的数日寻找，一无所获。她虽伤心，但坚信，他没有死，他还活着，他一定会回来。他临走时给她划破手腕发过誓，他一定回来，陪她到老。她认定他一定会回来的。

她把从松山上挖来的一棵小树，栽到院落里她和夫君曾经吃饭的石桌旁。树活了，长得结实，开起了粉红的花。每年四季，花儿落了又开，开了又落。后来，花儿不单是粉红色的颜色，还从粉色里，生出一丝紫色。那是她裙子上的花色，是她和夫君相拥时穿过的裙色。天赐的花儿，盛开在她忧伤和企盼的心里，使她找到了一丝慰藉和寄托。她想依托这美妙的花儿，向远征的夫君日夜眺望，向他招手，盼他早日回家。

70 多年的守候、等待，不是简单的企盼，那是无穷思念的煎熬和心酸的泪水。她和他自由恋爱的浪漫和刻骨铭心的情爱，让她有太多追忆的温馨。她的生命里，不能没有他，他是她的一切。要不是那场战争，她坚信他们的爱，会让她醉心至今，醉心到生命的最后。

漫漫的等待，她夫君的音讯越来越渺茫。该回来的远征军士兵回来了，但没有她的夫君；遗骨也偶尔有“回来”的，但没有她夫君的。相思树长出了枯枝，新娘的头发等花白了，相思树老了，枯了躯干，花儿开得越来越零落。新娘顾不得花白了的头发，却把枯树的新枝折下来，又栽到泥土里。老树枯了，最后的几片树叶也枯了，而新栽的小树长起来了，开了花。花开了，又歇了，小树又长成了老树，老树长成了枯树……新娘变成了老人，小树又长成了老树。老人花白的发，随着树枯树活，变成了白发，变成了银白，她的夫君仍无音信。她满头白发地等着，仍坚信夫君还活着，总有一天他会回来。她的相思树，一茬茬新枝依然旺绿，枝上的相思花，依然开得艳美。70 年的等待，流干了眼泪，而爱的心泉没有枯竭；70 年的相思树，开了 70 年的相思花，枝枯了而花依然吐着芬芳。

老人的盼望凝结在那个未归者的数字上。远征军 40 万人去了缅甸，伤亡了 20 万人，还有几万人没回来，她断定那没回来的壮士中一定有她的夫君。她请人帮她找，但找了几十年，找了无数地方，一次次的结果使她的心由寒变颤：仍有 6 万中国远征军阵亡将士遗骸还在缅甸，无法找到。也许自己夫君真的阵亡了？这想法很快被她抛却，她坚信她的夫君活着。她到缅甸密支那寻找，到仰光寻找，没有找到她的夫君，只是找到了他的踪影。有人说，他阵亡了，牺牲得很壮烈；有人说，他随部队去了印度，去了越南。她寻了数月，泪流干了，带回来的是更加揪心的思念与痛苦。

她还在等待。到了 90 岁的高龄，等了 70 多年的她，又等来了一批回来的远征军将士，可那是 19 名战士的遗骸。她听到这个消息，就采上鲜嫩的相思树枝，枝上开着大朵的花。她守候在瞻望了几十年的路口，等待他的到来。她希望其中有她的夫君遗骸，而又不希望有。她仍然相信他还活着，像自己一样满头白发地活着。19 名遗骸有姓有名，可就是没有她夫君的名字，腾冲国殇墓园里也有更多没姓没名的遗骸，她不相信那里有她的夫君。她固执地认为，她的夫君还活着，一定是在密支那的什么山村里。

尽管她心存希望，但自从建起国殇墓园，她每周都要来一次这里。每次，她都久久凝望“中国远征军”纪念雕塑，敬献上一枝相思花。这个雕塑上年轻的远征军战士，在她看来就是她的夫君。那威武的身躯披着伪装的树叶，头戴德式钢盔，手持美式步枪，服装简洁、脚蹬草鞋，那是她夫君出征时的英姿。他的英俊和豪气，刻在了她脑子里，让她一直心涌自豪。

一场寒风后，院里相思树黄枯了，叶掉了，花落了，看样子这棵树很快就会老枯了。老人早料到了树的生命周期，她在院落又栽了小相思树。老树死去，新树开花。新相思树花正艳，望着人笑。这是她新栽的多少代树了，她也记不清了。树还是朝东南，花儿还是朝东南开。朵朵粉里透紫的花儿，张着小口，像是在向远方呼唤。

芭蕉林里的恋人

傍晚血红的夕阳里，有个长发彩裙的佤族少女，从小河对面的寨子飘然而来。有个英俊小伙在河边芭蕉树林等她。姑娘调皮地扑上小伙，搂住他的脖子并跨在了他腰上。小伙顺势而坐，姑娘也顺势坐在小伙腿上。小伙的腿粗壮而结实，似她的“折叠椅”。他们朝面相拥，脸对脸，眼对眼，嘴贴嘴……爱意动作美妙，说悄悄话表情神秘。

他们是寨连寨的青梅竹马，相爱多年。她非他不嫁，他非她不娶。这片芭蕉林，是他们约会的常地。芭蕉林的神秘和凉爽，给他们爱情增加了浓浓甜蜜。

姑娘拍打着芭蕉叶悻悻地对小伙说，将军的儿子又来缠她了。小伙故意逗她说，你就嫁给他吧，他家有钱有势。姑娘狠打小伙一拳，生气地说，她喜欢他，也喜欢“这边”。姑娘又说，她父母让他做上门女婿，不然就让她嫁将军的儿子。小伙庄严地对她说，不许你嫁将军的儿子；嫁到“这边”来吧，他不想做上门女婿。姑娘说，她嫁“这边”，爹妈既没养老金又没医疗费怎么生活？小伙说，那怎么办？姑娘小伙明白，如果他不做上门女婿，她父母就让她嫁给将军的儿子。她的父母要选择“依靠”。两人一阵沉默。

他们说的“那边”，是缅甸；他们说的“这边”，是中国。坐在小伙腿上的姑娘，面朝缅甸；搂着姑娘的小伙，面朝中国。姑娘倾心嫁“这边”。这边有政府的养老金、医疗保险，有令人眼花缭乱的商品，有洋楼般的住房，有安宁的日子。“那边”的枪炮声会时而响起，有时炮弹还会落到寨子里。尽管这样，姑娘父母也不愿离开他们一贫如洗的寨子和竹楼。姑娘牵挂双亲，自从她把心贴到小伙胸口那刻起，她就纠结这事，不知道该怎么办好，直到现在他们不得不面对嫁娶的时候，还在为此苦恼。可他们新近知道，“这边”要给寨子所有人办医疗保险，她爹妈今后看病无忧了。本来，她家寨子与他家寨子，很早以前都属“这边”的，只是后来以这小河沟为界，把两寨分成到了两个国家。原来她家“那边”富，而现在“这边”比“那边”富。富了的“这边”，没忘一树同根，一井同吃，一宗同根的“那边”的寨子。想到这件好事，他们刚还没主意，但又很快有了主意。

也就是他们在极其短暂的沉默里，两人想出了一个绝好的主意，几乎是同时说了出来：让二老搬到这边同他们一起生活。这样的默契，只有心有灵犀的恋人才会有。是小伙去那边，还是姑娘嫁这边，这么大的难题，他们几秒钟时间就解决了。异常开心的姑娘，给小伙送上温情的吻。小伙那么帅气，姑娘的吻，几乎是“啃”了……姑娘激情的吻，惹怒了那边沟岸上的小狗。小狗冲姑娘小伙“汪汪”直叫。姑娘对小伙说，她家“汪汪”来叫她了，她该回家了。她的回家，是回国。小伙身后有条小河，一半一国，过了河就是缅甸了。小伙爱上了一河之隔的村里的缅甸姑娘，这个缅甸姑娘要带着二老嫁到这边村里的中国小伙了。看她像条火红的狐狸，如一片彩云，飘过小河沟，飘回了她们寨子里。这个傍晚的夕阳功德无量，这个傍晚的时光无限美妙，似乎是它成全了一对恋人的美意。

被“汪汪”叫回家的姑娘，兴奋地告诉爹妈，把他们二老一块随她嫁过去。她以为二老会高兴，没料到父母都摇头。爹妈说，嫁给将军的儿子吧。嫁他儿子，他们养老全有了。再说，哪有嫁女也把父母随“嫁”过去的！姑娘说，这边打仗不太平，缺吃少喝的，将军的儿子她不稀罕，还是随她过去吧。爹妈说，那样多丢人！姑娘掉泪了。她爹妈说服不了女儿，是否嫁将军儿子，女儿和父母僵持了好些天。最后她父亲说，“那边”条件也好，政府每年给边民很多补助金，就嫁过去吧；你有好日子，他们苦点也高兴。可孝顺的姑娘，心里还是挂着愁。

那晚，她与小伙又约会在小河的“那边”长廊里。姑娘说，怎么办？小伙说，那你嫁给将军的儿子多好！姑娘打了他一拳，掉起了眼泪。小伙说，你嫁过来后，再把二老接过来。两人都说“好”。

姑娘嫁了过来，穿过“那边”的芭蕉林，又穿过“这边”的芭蕉林；从那“那边”的草房竹棚，到了“这边”的别墅式小楼。

姑娘住到了小楼，思念双亲。小夫妻俩就把双亲接了过来，又把他们户口转过来，让老两口也成了“这边”人。老两口知道了，乐得合不拢嘴。

仍在小河边芭蕉树下，小伙姑娘时常约会。他们是芭蕉林里走出的恋人，他们享受爱情带来的甜美。她高兴，他高兴中有自豪。她为嫁他高兴，他为娶到她高兴和为生活在“这边”自豪。

他的背后是瑞丽，是云南，是大家园。大家园里地大、人多、富裕、美丽。每当这样静坐，小伙感到自己的后背，总是暖暖的。

凤尾竹情哥

在凤尾竹拥抱的傣家村落，有段傣家人的爱情故事，引人神往。

这是万老五和他妻子在凤尾竹林演绎的浪漫故事。尽管他和妻子已年过五十，可他们仍是全村公认的情哥和情妹。万老五年少时追他妻子情妹，每晚给她唱情歌到月亮困极了还不罢休，她跟他对歌对得树上知了睡了仍不罢休。在那月色溶溶的晚上，美妙的竹楼，多情的凤尾竹林，给两个傣家小仆冒（少年）和小仆少（少女）增添了无穷的情思和激动。这情爱的表达与情感的追逐，通过对歌这种深情而热烈的方式诉说，恰是那坦诚之极、纯情之极的公开情书，迷倒了村里村外傣家年轻人。

傣家少年追求傣家少女的过程，是智商、情商、歌喉、才情展示的过程，谁有高的智商，谁有过人的情商，谁有美的歌喉，谁有艺术的才情，谁就能追到最美丽的姑娘。万老五在那个年龄的一群小仆冒中，以他过人的歌喉与才情，还有他的多情和深情，博得全村美若天仙情妹的芳心，她毫不犹豫地嫁给了他。当然他追到这美若天仙情妹的过程，并不简单。那每晚数首不能重复的情歌，那每晚大头蚊子的轮番追咬，还有那调皮可恶马蜂的蜇咬，还有那歌词几乎山穷水尽时的紧张和羞愧，还有那竹林里跟他腿脚作对的山石和沟坎，还有姑娘那一会欢笑一会埋怨的折磨。追她那喜悦中的失落，渴望中的等待，情爱中的忧虑，雨夜里的煎熬，那把情妹追到、娶回家的过程，是历尽艰辛的。

正因为万老五经历了对歌的艰苦历练，他成了村里的歌王。虽然他和情妹有生动的爱情故事，但他和情妹都不善表达，且年过50也还面露羞涩。他拿起磨得油亮的吉他说，故事都在歌里，给你们弹奏几首曲吧。吉他响起，他的歌便飘了起来。他唱的是傣家民歌“心爱的人儿没有回来”：在我们美丽的山谷里，开了一朵美丽的花，它一生只开那么一次。在我们明镜般的坝子上，有一个美丽的姑娘，她一生只笑那么一次。人们不知那朵花啥时候开，人们不知那姑娘啥时候笑。不是花不开啊，是美丽的春天没有来到。不是姑娘不笑啊，是心爱的人儿没有回来。接下来是“你为哪点爱我”，这是首情哥情妹对唱的歌。他唱女，也唱男：“孔雀尾巴好看眼睛小，哥哥，你为哪点爱着我？黄莺小巧会唱歌，妹妹灵巧我爱着。温泉流急了水会冷，三言两语就相好情难长。温泉好洗澡，但当不得茶，好游串的人怎会把家当？竹子高大心中空，用来做梁不中用；自夸的人本事小，嘴说千里身子不会动。一只鞋子不能穿，有米无水下锅难。哥是米，妹是水，定做出香喷喷好米饭。接下来是“不必这样闪躲”，这是傣族有名的情歌：“是我来得太早了，还是太阳落得太慢？为什么篝火没有燃起？她的纺车也不曾看见？姑娘啊！你家的柴虽然多，我已一根一根数遍。你家的篱笆虽然宽，我已环绕了九转！周围的青草被我踏平，入睡的小鸟被我吵醒。人们在笑我发疯呀，有谁能理解我心情？就算你讨厌我吧，也不必这样闪躲，有缘就喝杯美酒，无缘就唱支悲歌……”

这优美的歌，这深情的弹唱，好似奔放的情箭，嗖——嗖——嗖——直穿人心房；这诚挚、浓情的吟唱，像清亮的清泉和甜美的米酒，让人敞亮和陶醉。我心潮澎湃，想起一位词人在芒市坝子听到傣族姑娘的歌唱后，他也是心潮澎湃，即兴创作出了《月光下的凤尾竹》的词，后经施光南先生作曲，成了经典的傣族情歌。“——月光下面的凤尾竹哟，轻柔美丽像绿色的雾。竹楼里的好姑娘，光彩夺目像夜明珠……”

这醉人的傣族情歌，这生情的凤尾竹，让多情的万老五和他的阿妹爱情火焰灿烂燃烧。然而，万老五并不是简单会唱情歌的歌手，他还是个作词作曲家。他创作了“相信远方的姑娘”、“盼你回来”、“相遇”、“清清河水”、“飞舞的小鸟”等委婉动听的歌曲，且这些歌词，像火、像风、像雨、像雷电、像溪流、像茶花、像飞吻，温暖和穿透了姑娘的心。与他竞争情妹的小仆冒，败在他的面前，他把情妹这朵美丽的鲜花捧回了家。从小本来就能歌善舞的万老五，恋爱对歌成全了他这个情歌王子，他创作的傣族情歌有数百首，还出了个人专辑取名《傣家人》。在这偏僻的山寨，有几个人能够出版自己的演唱专辑？万老五着实让人起敬。

凤尾竹在陪我们听这优美的弹唱，可是昔日竹楼已变成蓝白相间的别墅。这是云南财政人蹲点改造新农村的村子，他们把竹楼改造成了幢幢别墅，全村傣家人都住上了气派精美的别墅。在这别墅的庭院里，情歌也是别有情感的，它少了忧虑与困惑，洋溢着幸福与甜蜜，万老五与他情妹显然多了生活优越带给他们的喜悦。让生活富裕的是那别墅外的橡胶林、香蕉园，它们是摇钱树。这些摇钱树也跟财政干部帮扶有直接关系。万老五弟兄五个，都从竹楼搬到了每家一套的别墅。他说，这是他们父辈以上的人，从来没有想过的。

在这边关的村落，竹楼几乎都变成了别墅，而不变的是多情的凤尾竹，不变的是傣家人多情的内心。傣家人的喜气，早已在村里荡漾。

凤尾竹多情，万老五就是凤尾竹下的情哥。

怒江女人花

再急的水，也急不过怒江的水。再性急的女人，也急不过怒江女人。

怒江滔天江水总是豪气冲天，总是从悬崖峭壁奔泻而下，只有摔打成白浪，才会扑向山涧，才会欢快地融入大江。怒江的豪迈性格，造就了怒江人。一个常年生活在怒江边上的女人，会有十足的怒江豪气。因而怒江的女人性格有点刚烈，有点火急，有点倔强，有点豪放。她们走路会很急，说话会很急，做事会很急，她们高兴起来很爽。这是什么样的急法？这不是急躁，是刚毅的急，是苦累不惧的急，是怒江水那样天不怕地不怕的急，是怒江豪情万丈的欢笑。嘎达娜是喝怒江水长大的女人，是有着怒江一样性格的女人。她在怒江边赶着她的马，行走了四十多年，她忽然决定要做一件连怒江也感到惊奇的事。这件事也只有怒江女人，只有怒江女人之花中的她才能做出来。

嘎达娜必然会做出这样的选择，她不厌其烦地赶着心爱的马行走在怒江边，也无所畏惧地牵着马队日夜兼程奔波在茶马古道上。怒江的脾气是热而急躁，怒江大山性格是险而寒冷。走在江边酷热难耐，走在山上寒风如刀。忽热忽冷，忽风忽雨，人极难适应这种极端颠倒的折磨与催残，使得她的好几匹壮马，生急病倒在了怒江边。这样的恶劣气候，却使她练出了一副铁身板——这也是怒江女人通常的身板。她赶着马，大步走在这弯弯的怒江山路上，她的头顶是几只鹰，已经跟她很久了。它们跟着她，它们认识她，她这个女人是怒江边赶马最快，也是赶马最多的女人，男人赶两三匹，她赶三五匹。马背上驮的是茶，要运到几百公里之外的地方的茶。

鹰跟着她，也不仅仅是认识她，也是它们怕寂寞。走过长长的怒江边，再上了长长的独龙江边，鹰看着脾气不好的江水也烦且急躁难忍，跟着这个盘着花头彩、吼着粗壮山歌、赶着一溜烟铃儿“叮当”响的马儿，摇晃地行走在无聊的山间的女人，对鹰来说这个女人和马队亲切又好玩。而鹰也不仅仅是冲着这个女人和马队好玩，鹰还有鹰的盼望，就是企望这一群马里，有哪个忽然倒下。马倒下是它们的兴奋和期待。鹰的眼睛是雪亮的，鹰的记忆是错不了的，它们记得多年来这个女人和她的马队带给它们的口福。倒下一匹马，能让它们吃上好多天。她的马，倒过好几匹了，鹰期待这样时刻的到来。

嘎达娜在这怒江和独龙江上走过多少来回，就赶过多少回马队，鹰看到这个女人欣喜。也许让鹰最为兴奋的是她最近一次赶马，那匹心爱的老马，翻过一座山，大汗淋漓，再也没有起来。鹰们没有白跟，它们等到了这大块的肉。她的爱马还有余温，鹰们就落地抢食了。她是怒江的藏族人，鹰虽是她敬仰的神灵，但这让她非常生气，她的爱马的灵魂还没有走远，鹰们竟然心急火燎地要分食它，她接受不了。她赶鹰，鹰不走。

她只好挥着泪水，只有把它留给了鹰。她为她的爱马祈祷，让鹰的嘴，把它托到天国，转世再做一匹好马。

她希望她的爱马投胎到她家，但她也希望不要投胎到她家，也别投胎到怒江，愿它投胎到无际的草原上去。

做怒江的马，太苦了。马太苦了，而怒江人离不开马，怒江女人出门还是离不开马。嘎达娜从懂事起，就跟随父辈骑马。她和家人养马，至少得养三匹以上，才能驮更多的东西，才能养活全家人。马是怒江人家最大的财富，也是嘎达娜家的全部财产。她养马，她爱马，爱马爱到了抱着它的头睡觉和把好吃的省下来喂马的地步。几十年来，她们家养过几十匹马，她给每匹马都起了名字，几乎把怒江的花草与她心爱的东西名称都起到了马的名字上。她把马当姑娘打扮，她给每匹心爱的马，扎上不同样的头花和饰物。

马通人性。她喜爱马，马喜欢她。马听熟了她起的名字，无论从多远，无论多么累，只要她叫它们的名字，它们都会向她跑过来。她最心爱的马里，有两匹力大而坚强的马，一匹走起路来脚步很花，起名叫“花脚”，一匹走起路来很密，起名叫“虾脚”。它们好像十分乐意接受她给它们起的名，她每当叫起它们来，它们都会兴奋，感到这是对它们的奖赏，赶路更加卖力，歇息时会扑到她怀里。

这次驮茶去北京，她选了它们俩。而北京很遥远，是千山万水的遥远，要走这么长的路，胆小的马，娇气的马，倔强的马，是驮不动几百斤茶的，也赶不了这么远路的，即便赶到了也很难再赶回来。她知道，这次万里之行，走的是茶马古道，山高水险，风雪雨霜，人会随时生病，马会随时病倒，那将是人与马相依为命的艰难跋涉，也会出现生死离别。而这次的远行卖茶，那会给家乡盼望上学的孩子们带来多少笑脸啊，她感到她和马付出多大代价，都是值得的，她只好选择力大与灵性的“花脚”和“虾脚”。临行那天，她给它们梳理毛，一盆又一盆清水地洗，一梳接一梳地梳，它们俩亲近地直舔她的手，还吻她的脸，这是马对她爱的示意。她给它们喂最精细的饲料，也给马蹄钉上了最结实的铁掌。两匹马懂得了她的意思，那是要远行，向她投来自信而深情的目光。

一百多匹浩浩荡荡的马队，是云南百年以来少有的马帮。马队沿着怒江行走，沿着古老的茶马古道行走。路是沿着江和山的，跋涉在山间小路上，还要跨越惊险的山谷和简陋的枯木桥。脚下是大山，是大河，是怪石，是荆棘；头顶是烈日，是烈风，是疾雨，是雪霜。而就在古道的附近，怒江的边上，就是闪亮而光滑的柏油路。

有坦途，为何要选择危机四伏、峻岭崎岖和河深水急的茶马古道？当然是为了给驮在马背上的茶，增添古老的文化味道。千百年来，云南的茶，不就是在这条漫长而艰辛的道上，从马背上驮到了近到京城，远到古罗马的吗？嘎达娜深知，今天的艰难行走，驮的是云南茶的历史文化，也是她寻觅祖先的脚印，她为此有浑身的劲。

今天的鹰格外兴奋。浩浩荡荡，一百多匹马的马队，驮着山一样的茶，吃力地跋涉在怒江边。她带着这马队，走过怒江，走过茶马古道，走过昆明，再走出云南，跨过四川、陕西、山西、河北，到北京去，一路卖茶募款，添柴希望工程。这就是她决然做马锅头——马帮头领，带着她有生以来最大的马帮，走茶马古道，越千山万水四千多公里去北京壮举之行的原因。

热闹的马队，兴奋的鹰群，这怒江边古道上热闹的一幕，告诉白云、蓝天和大山，这将是一次了不起的马队的了不起的远行。最为了不起的是马帮的头领，这唯一的女人。

嘎达娜为何当上了这马帮的头领？这马帮里有 40 多个男人，都推举她做马锅头。大家推举她，是因为她有男人少有的折不断的腰杆和那几十年赶马远行的丰富经验，还有一副火热的心肠。

嘎达娜有一双很锐利的眼睛，也有她的勤劳和智慧，她胜任当“锅头”。大家推举她，她没推却。但当马锅头，那不只是要把自己的马料理好，还要照料好全队人马的大小事，掌握全队的伙食分配的差事，这是比她单纯赶着她两匹马更累的苦活。她被几十个男人推到了最前头，她乐呵呵地牵着她那不比男人少驮一斤茶的爱马，走在了马帮的最前头。她给“花脚”和“虾脚”头上扎上领头马的花冠，它们俩感受到了光荣与自豪，虽驮小山大的茶包，虽跨险桥深水，虽跋高山陡路，它们走得很稳，蹄下生风，引领马队走得稳稳当当的。

嘎达娜是马帮的后代，她记不清多少次走过这茶马古道。她每次行走在这崎岖的山路上，闻着自己和马的汗味，似乎也能闻到祖先的气息。那熟悉的气息，好像也是血泪味，使她腿上添劲，也少了份惧怕，多了份勇气。

马帮生活的艰险，虽让她经受了太多的苦难，但使她有了怒江一样百折不回的劲头。她的家乡在贡山县一个有着几千独龙族人居住的小山村，出门是山，路在山上，山上种不出粮食，所有生活所需，得到山外马驮，她从小时候起，村里鸡叫时就赶马上路了。她是怒江马帮的女能人，每次百余公里的路程，来回要翻越好几座大山，男人一年跑 14 趟，她跑 15 趟。

驮出去的是茶，驮回来的是粮食、衣服、日用品。在这三江并流、冷热无常的气候里，人马驿道的雨中坍塌，被大水淹没，是随时随地会发生的。翻一次山，人和马，都险，但她大多都化解了，而没有办法的是那些倒下或掉到崖下和江里的爱马。好几次，她的马走失了，她顶风也好，日夜兼程也好，大多都找回来了，也有她费尽周折没有找回来的。怒江的山路太苦了，没有找回来的马，不是马找不到路而回不来，马是识途的，马不回来，是马背叛了主人。人在这极度恶劣的境况下，好像也会背叛，何况是马。

她亲历过马的背叛，也经历了她丈夫的背叛。她丈夫的背叛，让她理解了那几匹爱马背叛的苦衷。那是一次大雪封山，她赶马出山的丈夫没了音讯。半年后，她找到了她丈夫，可她丈夫已跟别的女人过上了日子。丈夫给她递上离婚书，她“放飞”了丈夫。她把几个孩子的抚育工作承担起来，失去和苦累，没压弯她的腰；漂亮的女儿意外死亡，没有压弯她的腰，她为儿孙们的生活幸福奔波，牵马去，牵马来，给儿孙们经营起了一个温暖的家。这么大苦难没有压垮她，是因为她的心，像怒江水一样，越流越宽阔、越平静。她忘却了苦难，也忘却了失意。这也是她成为有着近50个男人马帮的马锅头缘故。

嘎达娜的生活虽然与马相伴，但她与怒江所有女人一样，辛劳的日月里，有唱不完的歌，也有不断的笑。她的恋爱，是从对歌与赶马开始的。她的情郎在江那边，她在江这边，他们对歌对出了好感，对歌对出了相会，对歌对出了甜蜜。她为他生了好几个孩子，虽然他后来离开了她，她曾经尝到了爱情的甜蜜。她在寂寞的茶马古道上，一边唱着歌儿，一边回想她与他第一次走在这段路上的欢笑与温情。这次长长的带马帮行走，她感到这是她人生最精彩的一段风景。她得走好。

望不到头的怒江，走不到头的怒江。鹰飞得再也不能低了，它们有生以来第一次见过山一样长的马队。鹰跟着这个它们熟识的怒江女人和马队，一会儿飞在马队前头，一会儿与他们并行，是在等待美食的到来，又好像它们是她的朋友，舍不得离开她和马队。鹰的不离不舍，好像要跟马队远上北京。嘎达娜不时仰望头顶的鹰，觉得与马为生的生活，是多么地踏实。

人一旦感觉不到苦累便是快乐的，即使那么遥远的地方，好像近在眼前。嘎达娜带着她的马帮，出云南入四川，进陕西跨山西，迈河北到北京。鹰陪着他们翻山越岭，陪他们走了一路。一路上陪伴的鹰，欢叫的鹰，是怒江的鹰，或不是怒江的鹰，嘎达娜没有留意。鹰使她知道了在极度疲劳的时候怎样忍耐和坚持，鹰好像使马添了无限的力量。近万里且长达半年的人马涉水越岭，她与她心爱的“花脚”和“虾脚”一步一个脚印，走过了两个季节，有太多的辛酸，也有她与马与马队太多的故事。她的爱马几次病了，她像照料女儿一样，给它们一捧捧喂最精细的饲料，半日半夜地抚摸它们。马也疼爱她，很听她话；看她难受，轻闻她的脸，舔她的衣服……她是快乐的，马是快乐的。

马与人的快乐，马与人的相伴，随着进入京城，渐渐要结束了。茶驮了一路，卖了一路，驮到京城，茶很快卖光。募集到几百万元的资金，加上政府给的大笔钱，足以在家乡盖一座漂亮的学校了。

茶卖完了，离开的时间到了，可马怎么办？她和马帮成员的一百多匹马，得原路赶回去。这又是万里迢迢，来时累死了好多匹马，还意外死了一个队员，回去还会损失多少匹马，她和马帮成员商量怎么是好。

北京的主人给她们出主意，马不走，人回去。马是马帮人的宝贝，马为人干完了活，怎么能把马扔掉呢？要赶回去！嘎达娜也舍不得她亲人般的两匹爱马，她决心再苦也要把马赶回怒江的家。主人说，爱马，就应该让马今后的生活轻松，赶回是让它们受奇苦。话在理，但嘎达娜和马帮成员伤感。马留给谁？拍卖。她和队员只好选择了拍卖。她的两匹爱马，拍卖了个不错的价钱。

马看出了主人要把它们交给别人，两匹马一脸的沮丧相。当卖主递给她钱，牵走她马的时候，她哭起来，马的眼里也流下泪来。她抱着两匹马的头，又是嚎叫般地大哭。她的眼泪和马的眼泪混到了一起，湿了马的脸，也湿了她的脸与衣服的前襟。买主理解马主人与马的深厚感情，把缰绳交给她，让她与马有足够时间告别。嘎达娜的两匹马，从小马驹到现在，她与它们几乎每天在一起，它们为她风里来雨里去地把茶驮出山，把物品驮回家，她把它们看做是自己的孩子，哪能说分别就分别呢，回去没有它们的日子，就像家里少了亲人，该怎么过下去?！嘎达娜的痛，全表达在哭声里了。而总是要与它们分离，或者要放弃它们的。把它们留在这里，免去万里跋涉的历险与困苦，这是爱它们，这样的分离是明智的。

嘎达娜和大多马帮队员，一步三回头地与马分别了。就在她给它们最后分别挥了挥手的时候，她的“花脚”和“虾脚”几乎同时朝她长鸣起来。她知道，这是马在嚎哭。她的眼泪又像断线的珠子，洒了去机场的一路，也流到了怒江老家。好长时间过去了，她看到空空的马槽，心空荡，眼落泪。离开她的两匹马，同多年前她女儿离世一样痛苦。

马陪伴了人很多年，马为人劳累了很多年，人与马，马与人虽然相对无语，而相依相恋的情感是一样的。她每天都在想那两匹马，她感觉它们也在想她。思念带着深似海的牵挂。嘎达娜想它们想得痛苦，它们习惯北方气候吗，新的马主人对它们好吗，它们胖了还是瘦了，开心还是不开心……

每当想到这些，嘎达娜又是一阵落泪。她思念马，她想马也在痛苦地思念她。她放心不下它们，她挥不去日积月累的浓厚思念。一年后的一天，她再也忍受不了挂念与思念的痛苦，她决定去看望它们。她不惜花钱，买了飞机票，坐上了飞北京的航班。到北京，看不到她的爱马，它们被赶运到了河北一个养马场。她下飞机顾不上劳累，又坐上了长途车。又是半天的赶路，终于到了马场。

她的两匹爱马，远远地就看到了她，一阵旋风似地向她跑了过来。它们把头拥向她的怀抱，就像久别的女儿扑在妈妈的怀里一样，亲热地闻她舔她啊。它们还精神，比分别时候胖了。与马分别后的思念和痛苦，化作了催泪的东西，她抱着马失声痛哭，感动得一旁养马的汉子，也闪出了泪花。她给它们梳理了毛，擦掉了它们眼角的泪痕。马在这样心地柔软的汉子手里，她略为放心了。她与两匹爱马依偎了好久，也抚摸了它们很久，直到傍晚的来临，不得不分开的时候，她给它们喂了一次草料，趁它们不留意间，她悄悄地离开了。她对马轻声说，还会来看你们。

孟连花之最

一道耀眼晃动的波光闪烁进车窗，顺着波光瞅去，是条河。弄得这波光晃动的，原来是河里一团又一团美艳的花在舞蹈，好像是一群又一群五彩缤纷的金孔雀在戏水。朝着河走去，渐渐看清了河里的舞的景致，那不是美艳的花，也不是五彩缤纷的金孔雀，是一群群傣族少女。傣族少女的穿戴，像金孔雀一样绚丽多彩，她们在波光粼粼的河水里，很容易形成团团花簇。这是一条缓缓流淌的宝石绿般水的浅河，河边是花丛，河里雪白的鸭子和成群结队的鸟儿也在戏水，在这温暖而明媚的春光里，戏水像音乐和诗一样美妙。在这云南孟连的河边，我被这些傣族少女迷住了。

我在河边看这些蝴蝶一样水中戏耍的傣族少女，也仔细欣赏傣族姑娘的穿戴。在我看来，傣族姑娘的穿戴，是世上最美丽的，它就像孔雀开屏一样，五彩缤纷。她们上身穿白色或粉色内衣，外面是紧身短上衣，圆领窄袖，有大襟，也有对襟，有水红、淡黄、浅绿、雪白、天蓝等多种色彩。下着长至脚背的筒裙，腰身纤巧细小，下摆宽大。这衣服的胸、腰、臀“三围”之美，加上微风中衣裙轻柔飘逸的潇洒，那简直是仙女下凡。当然，傣族姑娘的俏丽，不仅仅是服饰，还在她们的天生丽质上。她们身材苗条，亭亭玉立，清纯娇美，仪态万方，娇艳得如花似玉，用“金孔雀”来比拟，或者用世上最美丽的花来比拟，再确切不过了。

这些金孔雀似的姑娘的美，让我对孟连一位金孔雀似的女性，产生了浓厚的好奇心，也产生了美好的联想。那是我从孟连土司府看完第五世继任土司刀派乐的王妃召婻勐的史料，她那穿戴，那气质，那美丽，那是比今天的傣族姑娘还要美。而让我好奇的，是她传奇的一生，她传世的精神之美。她的精神之花，绽放在美丽的傣族山乡里。

在傣族历任的 28 位土司中，第五任土司刀派乐，他怎么也料不到，他的一位妃子，在傣族历史上成了女性中一朵最为艳丽的花。她叫召婻勐，17 岁时为一事主持公道，被认为干涉政事，受到非议，从此愤而闭门谢客。土司敬重她的人品，也看重她的才能，给她赐爱名“婻烘法”。婻烘法的傣语意为，要她与他共戴一天之平等公主，共同为傣族的兴旺共谋大事。开明的刀派乐，没有看错人，她协助理政 8 年，帮助他处理了许多重大事情，造福了傣族百姓。刀派乐身体多病，需要这样一位干练聪慧的人来辅助管理部落。婻烘法心如灯盏一样明亮，那些棘手的事情，她总能打理得平平稳稳。刀派乐对这位妃子越来越敬重和赏识。然而，虽然她才华出众，聪明过人，但毕竟是妃子，小叔子每刻都在明里与她争权，暗里与她夺权。她是怎么应对的呢? 首先用计征服，然后再用宽广的胸怀将其包容。在对待民族问题上，她表现出当时少有的前瞻性，她与佤、布朗等兄弟民族密切接触，像美丽而勤劳的蜜蜂和蝴蝶，向多样的花儿传播亲密的花粉。

召婻勐展现了她不凡的才华。她是一个佛教徒，她用佛心造化自己慈悲的心肠。她虽然崇敬佛教，却不仅限自己修炼，而把佛的慈悲善良当作甘露，洒向民众；她是一个商业奇人，茶叶生产和外销有招有式；她是一个外交家，谨慎对待外交，用法典教导子孙依法治理地方……她绽放了不同非凡的智慧和勇敢。25 岁的刀派乐身体每况愈下，感觉自己不行了，临终时授命她为召婻勐，也就是王太后，嘱她为子孙辅政。她接过了辅政子孙的重担。

年轻的召婻勐守寡了，守寡还要辅政，她从一个充满青春活力的少妇，到风韵美艳的中年美妇，有更多的仪态和心思。她看铜镜里的自己，真是精神十足。她渴望爱情，渴望伴侣，但她却没有寻觅到。她渴望性，但她不涉足没有爱情的游戏，她等待，但爱情一直没有来到她心田。她那枯燥的心，需要归宿，她寻找到了安放自己心的圣地——佛教。她发现佛能让她摆脱世间苦恼，也能给傣族人带来福祉。公元 1481 年，召婻勐派 4 位头人带领数十人，携骏马 4 匹及金银彩缎等礼物，到缅甸阿瓦迎取真经。缅甸土司回赠大象 4 头、三藏经、佛像、法器等。从此佛教便在土司的辖区内，渗入傣族生活，原本与其势如水火的原始宗教，也渐渐水乳交融。她为傣族人寻找来了心灵的归宿。

她是一个女人，一个情感丰富而热血沸腾的女人，虽然位高权重，可她终生也没有等到让她心悦的男人，直到她去世，她都没有失去灵魂与肉体的纯洁，她把自己的一切，奉献给了为傣族谋福的事情上。

公元 1493 年 9 月，孝宗皇帝见云南都司奏报：孟连长官刀派乐之妻召曩猛（召婻勐），夫死 25 岁，守节 28 年，53 岁仍为政务操劳，事迹感人，奏请赏赐。

孝宗皇帝龙颜大喜，钦点御批曰："朕以天下为家，方思厥名教以变民俗，其有趋于礼义者，焉可不亟加奖励。召曩猛贞节可嘉，即令有司显其门闾，使远夷知向化。无矣覆报。"云南都司受命对召婻勐予以旌表，并赏赐贮丝衣服彩缎等物。

召婻勐接到皇帝的表彰，欣喜里是苦涩的。她不需要皇帝授她的贞节牌坊。坚守贞洁，是她追求高洁品格、高尚人格的体现，也是她感情深处的失落。她渴望爱情，但她拒绝肉欲。她感到皇帝的表彰不是她的光荣，而是她的缺失；她为民族和国家所做的贡献，是她为国家守土而作出的艰难的牺牲，她多么盼望皇帝的表彰，是她为国家边疆稳固的操劳。

在她长达 50 年的辅政生涯里，召婻勐有太多的苦恼。王儿孙儿太小，王室大小事要她来操心，她在是非与责难中为和平而坚挺；王权面临不断挑战，为争权而时常出现刀光剑影，她在危险里完美舞蹈；面对部落内外多重矛盾，稍有偏差就会掉入深渊，她在陷阱与悬崖边精彩周旋；战争时常降临，她得率领将士杀敌保家，她在战火里成功跳跃……她是一个具有高超胆略和非凡智慧的守疆兴家的女豪杰，而这些皇帝心知肚明。皇帝以她贞洁的事迹嘉奖她，她明白皇帝的忌讳与用心。她对皇帝的奖励，也还是欣慰的。在她看来，这不管是什么样的奖励，是对孟连的肯定，是对傣族人的肯定。有这个肯定，她心满意足了。

孟连傣族土司府的王座，是高高在上的，召婻勐没有靠血腥的屠杀，没有靠残忍的酷刑，没有靠阴谋诡计，靠自己的仁爱、宽厚、聪慧、坚毅、勇敢，稳坐了几十年，为国家边疆的稳定坚守了几十年，为傣族的平安操持了几十年，她是傣族的女人花之最。

我心怀对这位傣族女人花之最的崇敬，再一次踏上了孟连，又一次久久凝望了这位女性驰骋过的这片美丽山河，因我带着一个冲动，想为这位女人花之最拍一部剧。云南财政厅预算处是一个有文化和热爱孟连的团体，我的想法他们极力支持。

我一向追逐美的事物，我常常被那些奇美的景、奇美的人和奇美的事物感动，我喜欢了解一朵美丽的花的来历和它彻骨之香的内涵，我喜欢了解呈现在自然界一切美的展现，我更喜欢了解一个事物和一个人美的内在。我短暂的孟连访问，我对孟连傣族人和召婻勐肤浅的了解，使我对傣族女性的外在之美和内心之美，有了更多的了解。她们的装，她们的歌，她们的舞，她们的情，她们的聪明和勤劳，已成了我心中永远开不败的花。

又是一道闪烁的光，抛到了车窗，回头望去，那是一望无际的田野。早稻已长露水面，一群群傣族妇女在田中干活。虽然是劳累的活，是在泥水中的活，她们仍穿着艳丽的衣服，歌声在风中荡漾。这让人感慨，傣族女人多像那山岗上的花，见到阳光，它就会笑得灿烂。

心　上　人

沉静的深夜，阁楼灯仍亮着，美丽的姑娘在思念一个人，她的心上人。她凝神窗外，等待心上人的身影出现，可怎么也等不来。楼下轻轻唱歌的芭蕉树睡着了，窗外的月亮进了屋子，遥远的星星也到了屋子，可就盼不来她的心上人。他在远方的山寨，今夜能来吗？她想他迷人的俊，她想他贴心的好。想念让她沉浸在甜蜜里，想念让她落入情感深渊里，想念让她揪心撕肺地难受。等待，等得星星眨眼困了，月亮从云里走了，他在哪里？他怎么还不来！她给心上人打电话，他的电话怎么也打不通。心上人在做什么，是睡着了，还在路上？这长夜的相思，甜蜜让她企盼，企盼让她担心，担心让她伤感，伤感让她落泪……

这是对一首曲子的描述。这首曲子叫《心上人》。它是一个高大魁梧的佤族汉子、耿马县财政局长杨滋光创作的。那天早上，我们坐他车子在山间赶路，他把这首歌放给我们听。美妙的晨阳洒进车里，眼里是花的树、青的山、绿的江，这本来被美景陶醉的情感，又被一个姑娘缠绵而伤感的相思情曲掀起了波浪。我们听了一遍又一遍，心被一次又一次掀起浪潮。这曲勾人心魂，在那曲调高潮的时候，也就是表达姑娘相思伤感的时候，我似乎变成了那位深夜里思念心上人的女子，眼眶里涌出了泪水。心想，这曲子撩人魂魄，如若在夜深人静的时候，哪个多情的姑娘听它，准会让她泪水涟涟的。

这首曲，痴情、细腻、委婉、热烈，像一壶由温而热，由热而烫，再由烫而到温再到热再到烫的纯情泉水，变换着“温度”，而温情的音符也是炽热的，也是跳动的，像姑娘的心。这样动情的歌，出自这位看上去粗犷的汉子，看来这汉子定是情感细腻而爱心浓烈的人。

我从这首歌，认识了杨滋光，又从一件事，印证了我对他内心的判断，他确是个情感极其细腻而爱心极其浓厚的人。他有两个心上人，那是两个 20 出头的姑娘。走进那故事让人心醉。

一条弯曲的山路把我们带到了一片遮天蔽日的橡胶林，并没有进入橡胶林，而是进了橡胶林旁一户漂亮的新房院落。这是一个叫班辛村的角落，它是云南孟定一个不起眼的小村。屋里出来一对喜悦的姑娘。这是两个美丽动人的姑娘。我们早已知道她们是双胞胎姐妹，一个叫木雅琴，一个叫木雅倩。迎上来人，她们单单拉住了一个人的手，像女儿拉着父亲的手一般亲热，叫这个父亲般的人“杨大爹、杨大爹”。这“杨大爹”，就是杨滋光，孟定县财政局长。“杨大爹”递给她们一兜物品。这是“杨大爹”给她们买的学习用品。两人在昆明上大学，还有个弟弟在县里上中学。

坐在小院里的客人，都是来听一个悲凉而感人故事的，与这姐妹俩有关的故事。她们家的故事，让人难以想象。

那个冬天的年末和年初，她们家先后有三个亲人去世了。先是她们的奶奶中风去世，几天后她们病重的母亲也去世了。父亲和她们感到家的天，塌了大半个。她们和父亲掉入了悲痛的深渊。父亲带她们为奶奶和母亲，在同一天办了丧事。那天，姐妹和弟弟在两位亲人的坟头，哭得眼睛看不清一切，父亲也哭得撕心裂肺。伤心过度的姐弟被亲朋接走，她们的父亲骑摩托车回家。她们哪里知道，死神正等待她们的父亲。那死神所在的地方就是回家路上那棵大树。父亲骑着哭一般吼叫的摩托车，不知为何眼里没有看见那棵大树，飞奔的摩托结实地撞在了大树上，父亲顷刻之间扔下她们走了。

姐弟听到这又一个噩耗，早没有了一滴眼泪。她们的眼睛，被悲伤的泪流得红肿。那个时刻，弟弟吓得不会哭了，傻呆地说不出一句话，坐在地上不会动了，而姐妹俩顿时晕厥过去了。这样离奇的悲怆，怎么会一下子降临到三个孩子身上呢！

再深的噩梦，也得醒来。从昏厥中醒来的姐妹俩，感到家的天全塌了。姐姐在云南大学上专科，好在快毕业了；妹妹在云南师范大学参加自学考试；14 岁弟弟还在读中学。她们家这个“天”，姐妹俩怎么能够撑起来呀！村里人和亲朋，帮助她们又埋葬了父亲。

没了亲爱的奶奶，没了知冷知暖的妈妈，没了为她们遮风挡雨和给她们吃穿的父亲，接下来的日子，得由她们自己过了。姐妹俩在痛苦中艰难爬起来，把弟弟叫来，一起商量今后的日子怎么过下去。她们清楚，今后没有吃饭的钱，也没有钱供她们上学了，还有安葬三位亲人欠下的沉重债务得要她们还。三姐弟愁苦，不知怎么办好。而姐姐明白，她得当家长了。她得撑起这个家，得养活妹妹和弟弟了。姐姐对弟妹说，她不上学了，种橡胶和打工养活你们；你们谁也不许退学，接着读。妹妹说，她也不上学了，同姐姐一起种橡胶和打工，让弟弟把学读下去。弟弟说，他也不上学了，要与姐姐种橡胶和打工。姐姐厉声说，这个家由她当家，你们谁也不许退学！

姐姐要到昆明办理退学，这退学就是永远的失学。而这三个姐弟的悲苦，很快被一个人知道了，那就是“杨大爹”。“杨大爹”找到了姐妹仨。他给她们送来了吃的、用的，还有钱。这真叫“雪中送炭”，她们感到身边有了一盆火。

杨大爹对她们说，从今天起，你们仨就是他的孩子，谁也不许退学，学费和生活费他来负担。姐妹俩怕拖累杨大爹，只是拒绝。而杨大爹的爱意，深深感动了姐弟仨，她们不仅接受了杨大爹，还爱上了杨大爹。就像孩子对父亲那样的依恋。

杨大爹自从认了姐弟仨，经常抽空就来看她们。他供姐弟仨上学，帮她们盖起了新房子，关照她们把那近千棵橡胶树打理得有了收入。她们有讲不完的“杨大爹”的故事。杨大爹让她们有了父亲的爱，有了背靠的大树。她们像往常一样接着读书、生活……

几年过得很快，虽然杨大爹老了一大截，可使这姐弟家的日子好了起来。姐姐读完书考上公职就业了，妹妹也学完了学业就业了，弟弟考上了高中……她们有了美好的生活，也让人看到了美好的未来。

我听着她们讲述的这故事，讲述她们的杨大爹，心里酸楚之后，是喜悦。谁不喜欢听这样的故事，这浓情如亲爹的杨大爹，这悲中降喜的美妙故事。

听完这姐弟仨和杨大爹的故事，又听杨大爹“心上人”的曲，我被杨大爹的爱心感动，也被他“心上人”曲子感动，感动得我一时泪流满面。

杨大爹的心与他的曲子一样，是那么的深刻，那么动人。

云　男

作一个云南男人，会怎么样？一定是妙不可言的。妙在云南山水绝美，云南鲜花如海，云南美女如云，云南歌美风情万种。有这样妙的美景、美歌、美女、美情，云南男人活得很奔放，很多情，也多少有点幽默。

这不，车上就坐着三位幽默而情感奔放的云南男人。他们是普洱财政的老蔡、老黄和司机小乔。他们是土生土长的普洱人。普洱男人好像是很容易让姑娘开心的云南男人之一。一种秀，一种朴，一种丑。老黄像普洱生茶，虽老却透着绿秀，还露着绿茶的清香，像细皮嫩肉的昆明人、曲靖人、玉溪人，戴一幅眼镜，斯文而俊秀。小乔不秀也不土，不白也不黑，面目有山水的灵气，也有大山的雄壮与饱满。老蔡面如黝黑的山岳，颧骨很高，嘴巴宽大，像普洱茶一样，颜色黑不溜秋的，甚至还有点牛粪的粗糙外表。一白一黑的老黄与老蔡，不白不黑的小乔，尤其是老蔡和老黄，有着云南男人的显著特点。他们与你相处不一会儿，就会让你感到有种暖暖的、润润的、香香的、柔情的东西，往人心里涌来。

老黄的秀，是能歌善舞。他话不多，一脸的微笑，像云南的山和水一样，看上去总是让你很舒服。其实他的文静清秀后面，是一股涌动的热情。昨晚与拉祜族小伙姑娘喝酒、对歌和跳舞，他白净的脸被篝火染上胭脂色，鼻梁上的金丝眼镜闪耀着篝火火苗，偏分头让他那张略瘦的脸更富文化内涵。他文谄谄的话语，姑娘们说他很有品味。他优雅地端着米酒，老练地勾挽着姑娘的胳膊，调皮地与那些姑娘们喝酒对歌。姑娘唱一段他喝一杯；他唱一段让姑娘喝一杯，他歌声清亮，情意缠绵，那神情让人陶醉。还有他那牢牢地拉着姑娘们的小手，有点挑逗和滑稽的跳舞，表现出他是云南男人中那种似竹清秀而有韵，像山泉那样清亮而奔放，像蝴蝶热爱花朵的男人，且满腹学问，心地善良，怜香惜玉。这样的男人，在云南随处可见，即使他们学问不高，但一般大多是心地善良和怜香惜玉的，这样的男人，不仅云南姑娘喜欢，而且也是外地姑娘追逐的目标。这得感谢上苍，云南美的山水，造就了一批英俊灵秀的男子，他们是云南俊美山河的化身。他们山一样健壮的身，云一样白净的脸，泉一样有神的眼，歌一样迷人的情，让世界各地的姑娘动心。这样的男人，是女人宠爱的蜂，只要他不乱采“蜜”，他的恋人和妻子轻易不会放手的。老黄，年轻时有多少姑娘喜欢他，如今又有多少女性赞美他，他的妻子对他迷恋到什么程度，从他自信的脸上，也已看出几分。

小乔车开得像玩似的。别小看云南的司机，在云南干司机，就像北京在中关村玩弄电脑的白领小伙一样，姑娘们从不小看。云南的路长而险，有一手好驾技，有一副好身体，再有一些勇气和豪气，最适合在这样的路上飞驰，或者给姑娘们表演驾技。哪个姑娘如若坐上这样小伙的车，在若干个小时的漫漫奔波中，在这无聊的时空里，除了看车外的风景，再就是看司机小伙的驾驶表演了。司机小伙看旁边俏丽如花的姑娘，劳累顿失，精神抖擞，一般会把车开得飞快。飞快中会有小小的惊险，在惊险里把车开得游刃有余，才能显现出聪慧而高超的驾技，才能让姑娘在有惊无险里对他产生感叹，在感叹里产生敬佩，在敬佩里产生爱慕，在爱慕里产生联想。所以，在云南山路上开车，时而会是耍杂技，稍不精湛，就会车毁人亡。姑娘坐在车上，知道早已把命交给了司机小伙，一路上姑娘的心是提到了嗓子眼上，可司机小伙的精彩技术，再加上英雄般的勇气和智慧，再加上他对她殷勤的关怀，再加上小伙幽默风趣的逗笑，司机小伙便渐渐在姑娘眼里成了好莱坞电影大片中的英雄。这样的精彩驾驶表演，很容易让姑娘难忘。这姑娘如若下次坐他的车，如若司机小伙还是那么精神抖擞和驾技表演如旧，如若司机小伙还是那么风趣和幽默，如若司机小伙的殷勤还是那样恰到好处，如若司机小伙说我喜欢你，姑娘会激动的。爱情垂青英雄和有趣的人，聪明的司机抓住了这个机会，他以他的英俊潇洒、善良的心地、娴熟的技能，赢得了更多姑娘的芳心。云南司机小伙，大多能找上美丽漂亮的姑娘，且找的老婆还有公务员、老师和大学毕业生。小乔的妻子是教师，他是如何赢得他姑娘芳心的，看他那开车风流倜傥的动作，看他那纯朴里透着内秀的脸孔，还有他那昨晚在篝火旁，闻着顺手采来的鲜花和姑娘们缠着他喝酒的片段，就知道他就是能够让姑娘垂青的那种英雄般的司机。他自然会赢得美好的爱情。车开到这样精湛，人又长得让人放心，在姑娘眼里职业已不重要了。云南司机小伙理应得到更多美丽姑娘的敬爱，因为云南长而险的山路，必须选择优秀小伙来驾驭。云南美丽的姑娘，总是喜欢那些能够征服大山的男人。

老蔡是云南男人中寻常普通的男人。这样的男人虽然大嘴巴和高颧骨影响了俊秀，然而透彻的真诚，过度的热情，哲人的幽默，让人感到了云南男人的可爱。在那澜沧江边一路云霞的上午，他的幽默与风趣，让我对他肃然起敬。他先深情地喊了句荤话，抖起大家精神。老蔡的话说得幽默，很有哲理，说了一路，使大家笑了一路。笑后，让人觉得这个人不是在说笑，是在说感悟。他是个哲学家，也是个风趣的人。在云南，这样的男人很多。他们的幽默和风趣，让人快乐，更让人有思索地享受。

就如云南的山水的丰富多彩，造就的男人也未必那么几个类型。而云南男人中，有相当多的属于黄牛型的。他们像牛一样，苦，无语；苦，也是乐的；忍辱，更负重。他们的美，都在内在，走近他，就会想到黄牛。云南的黄牛终生翻山越岭，经受着平川牛数倍的艰辛。云南的众多男人，平常得像头黄牛，生在大山里，苦在大山里，死在大山，留给世上的，是飘香的五谷。黄牛型男人，不仅在大山里，也在城市里。他们在城市里的大小门楼里，不惜力地做着黄牛一样卖力的事情，总是有着很好的业绩和绝好的口碑。

云南好男人多，是因为云南的男人享受到的好处也很多。大美的山水，柔情的美女，迷人的歌谣，诱人的美食，滋养了云南男人，造就了一群机智、勇敢、温柔、帅气、善良而与众不同的男人。

女人眼里的云南男人，是多姿多彩的。有彪悍的楚雄人、幽默的曲靖人、清秀的昆明人、热情的大理人、小资的丽江人、多才多艺的版纳人，温柔体贴而不缺乏安全感的玉溪男人。有位欲嫁云南男人的女人这样说，嫁给云南男人的好处很多，云南男人有几点让她很惬意：不修边幅，所以家里你不用收拾得太整齐，省下时间去逛街；不像其他地方的男人那样无聊，所以不必特别花心思去取悦他；很会修东西，所以不高兴时可以摔东西；厨艺超好，所以你不会被厨房的油烟呛到；很幽默，你不会觉得无聊；最讲理，只要你跟他不讲理，他对你一点办法都没有；不知道青菜多少钱一斤，但是能很快地算出多少年的购房贷款最合算；孝敬长辈，特别是自己的父母和妻子的父母……

云南山美水美花美，让云南男人容易自大和目光短浅，总以为云南在全国是最好最发达的地方，多为家乡宝，舍不得离开家乡，有大出息的也不多。而这些年云南男人的观念渐渐变了，一群群云南男人活跃在四面八方，也把她们的金花、阿诗玛、骚德丽、胖金妹和卓玛们也带到了各地，生儿育女，成就他们的大梦想。云南男人一旦走出山乡，他的质朴、厚道和真诚，大多受人喜爱，大多也能够成就事业。

云　女

云南盛产女人，云南盛产美女。

云南有多少种美艳的花儿，就有多少类美艳的女人。云南的山水白云有多么丰富生动，云南的女人就有多么深情生动。云南的柔情山水最滋润肌肤，云南女人尽收了美景妙水的灵气。云南的蝴蝶穿多么绚烂的衣裳，云南的女人就有多么绚烂。云南的鸟儿能唱世上最清脆婉转的歌，云南的女人就有比鸟儿还要清亮的歌。云南的山歌有多么动情，云南的女人就有多么深情。云南的米酒有多么醇香，云南的女人就有多么迷人。云南的米线有多么味美解饿，云南的女人就有多么甜润贤惠。云南的江水流得有多急，云南的女人性格就有多急。云南花儿开得有多美艳，云南的女人就有多漂亮。云南的山有多高，女人的心就有多高。云南的江有多长，云南女人的耐力就有多长。云南天上的雨水有多少，云南女人的眼泪就有多少。云南的黄牛有多辛劳，云南的女人就有多勤劳。

云南女人是天下最奇特的女人，云南女人是天下最浪漫的女人。云南女人是男人最喜欢的女人，云南女人是天下最辛劳的女人。云南女人集天下诸多优秀女人的外在与内在品质，散发着“十美”。她们穿得如孔雀，模样如花朵，花香女人味，嗓子赛百灵，跳舞如精灵，情感如泉江，爱人如火炭，手巧如仙女，双脚不怕山，干活似黄牛。

凤凰、孔雀和蝴蝶华丽的衣裳。25 种民族 15 种为云南省独有，白族、哈尼族、傣族、傈僳族、佤族、拉祜族、纳西族、景颇族、布朗族、普米族、阿昌族、基诺族、怒族、德昂族、独龙族的女子，更是穿着多姿多彩的衣服。她们追求各自的穿着美，她们绽放出的是朵朵异彩。彝族姑娘绣花衣的七彩和那闪光的银泡，是从天上撕下来的彩虹和摘下来的月亮；那撒尼女子长衫领袖口耀眼的刺绣和绣花布鞋，是她们把天地最好看的颜色描图在了衣服最显眼的地方；白族姑娘那白黑里有浅蓝、粉红、紫红、玫瑰红等色彩的衣服，把美若天仙的蝴蝶的衣服拿来穿在了她们身上；傣族女子用多色内衣和多彩筒裙还有那披金挂银的饰物，把自己打扮得像只多姿多彩的孔雀；景颇女子的大银泡、银项圈、银项链、银耳环、银手镯，把最多的银挂在身上显出高贵与不凡；撒梅人银光闪闪而鲜花怒放的“鸡冠帽”，把她们打扮得鲜亮而像朵朵花儿；纳西族女子绣白布带而拉到胸前交叉的披肩装束，犹如七颗闪亮的星星围着一轮纯净的明月……

红玫瑰、白玫瑰、黑牡丹和三角梅的脸蛋。云南四季如潮的花，张着朵朵笑脸，笑不够。花容花笑移到了云南女人们的脸上，她们脸上绽放多样的花情。红玫瑰的笑、白玫瑰的笑、牡丹花的笑、三角梅的笑……各种花的笑，都在她们脸上。她们一脸的花笑，是因为她们的脸，是被温柔的风、纯情的水、多彩的花亲吻滋润的脸，总是白白净净、红红润润，不施粉黛、不涂口红，那脸那唇也红得娇艳。云南女人的笑脸，是行走的花朵，迷人而不妖，甜美而不娇，艳丽而纯朴。

山茶花香、兰花香和茉莉花香的女人味。山茶花开遍了云南山野，山茶花散发着诱人的馋涎欲滴烤面包的麦味。云南女人也是盛开在山里的另一种山茶花，娇艳而带有野性，温柔里透着坚强。云南女人的味，大多是山茶花味，给人以温馨的味道，让人想家，让人想那香香的饭菜。云南的兰花开遍了山岗，兰花的清香弥漫着山野，云南的女人有着兰花般的女人味。兰花的清香、幽香，那是优雅的香，她的迷人，是用任何语言都难以描述的。云南女人味的清香、幽香，在她们的声音里，在她们的言谈里，在她们的举止里。兰花香的女人味，透着迷人的高贵，让男人迷恋，让男人联想。云南女人是水边绽放的茉莉花，悠远的清香，令人心旷神怡，向往美好。茉莉花生长在云南，茉莉花神进入了云南女人的魂魄，云南女人大多是长开的茉莉花。茉莉花香的女人味，能让男人劳累的筋骨舒展，能让男人郁闷的心云驱散，能让男人迷茫的眼睛望远，更能让男人不愿意离开家和家乡。云南有多少种花香，云南女人就有多少种女人味。

百灵、鹦鹉和画眉的嗓子。百灵鸟有学叫的奇才，鹦鹉有学舌的天才。云南女人有天籁般的嗓子，云南女人有好听的歌声。百灵鸟会模仿燕子、黄莺、麻雀、画眉、黄雀等鸟儿的鸣叫，还会学母鸡的咯咯声、鸭子的嘎嘎声、猫的喵喵声、狗的汪汪声，甚至还会学婴儿的啼哭。鹦鹉会学天下四方人说话，且还会学世界所有难说的话。云南女人学了百灵鸟的本领，更是超过百灵鸟的嗓子。云南女人有鹦鹉的本领，会学唱各种美妙的歌。云南女人像鹦鹉一样，学会了山间最好听的音声，所以云南女人最会唱山歌。云南女人还是画眉鸟的化身，漂亮而有好嗓子。画眉的声音洪亮，画眉的叫声悠扬婉转。云南女人的声音清脆，云南女人的歌声动人。她们山上唱，山下唱，村子唱，河边唱，树林唱，田里唱；闲也唱，忙也唱，累也唱，不累也唱，忧也唱，乐也唱。春天有春天的歌，夏天有夏天的歌，秋天有丰收的歌，冬天有冬天的歌。一年四季都有歌。张嘴就有唱歌，人人都唱歌。云南女人的笑有多少，云南女人的情有多少，歌就有多少。云南女人有唱不完的山歌，云南女人有说不完的情话。云南女人每天都是快乐的。

蝴蝶、蜜蜂和精灵的舞姿。蝴蝶、蜜蜂的翅膀优雅而灵巧，云南女人的灵巧的地方还有两条腿。蝴蝶、蜜蜂会翩翩起舞，云南女人会走就会翩翩起舞。云南女人的腰是水蛇腰纤细柔软，云南女人的腿与胳膊如藤弯曲自如。云南有多得花一样的舞，云南女人创造了花一样多的舞。柔美多姿的舞，像修理得别致的山茶花的花灯舞，表现动物与人生活习性的烟盒舞，活泼明快的版纳舞等等。云南女人的舞跳得多么丰富生动而优美，云南女人的舞之美被云南美女杨丽萍跳到了极致。杨丽萍的美姿概括了云南女人的舞美，也集纳了云南女人的柔情似水之美。舞让云南女人变得活泼大方，舞让云南女人变得多情而漂亮。

七彩云、凤尾竹和蝴蝶泉的丰富内心。云南的云是天下最多情的云，云南的云像花像画像诗像歌。云南的云有时淡雅，有时丰润，有时沧海桑田，有时花团锦簇，有时轻柔妙曼。云南的云化作了云南女人的情感，有时奔放汹涌，有时温柔娴静。云南的女人有了云的丰富情感，云南女人与天上的云彩一样多情。凤尾竹那纤细而弯曲下垂的叶宛如凤尾，凤尾竹的韵味轻柔婉约，凤尾竹的多情恰似云南女人的风韵和内心。凤尾竹在月光下似水波荡漾，云南女人在月光下如凤尾竹柔情似水。云南女人的柔情表现在她们歌舞里，云南女人的柔情更是给了她心爱的人。云南的蝴蝶泉水引来百蝶戏水是泉水甜润柔美，云南女人的情感的心田似蝴蝶泉水柔美甜润。云南绝美山水的灵气滋养了云南女人的内心，云南女人的情感如秀美山水一样丰富。

厨师、保姆和情人的爱心。云南过桥米线既是米又似面，配料丰富而味美实惠闻名天下，云南过桥米线有汤有肉有菜有米营养丰富是云南女人聪明智慧的杰作。云南女人的过桥米线让男人跟在她后面转，云南女人的过桥米线养美了自己养胖了男人。云南女人的过桥米线香飘云南也香飘中国和世界，云南女人的过桥米线让男人走到天涯也想回到云南。云南江河山川遍地物产应有尽有，云南女人喜欢在厨房煮烹炒焖炖蒸烤炸。云南女人是做小菜的厨师，云南男人个个是美食家。云南男人喜欢吃乱七八糟一大桌菜，云南女人做几十道小菜不在话下。云南女人对爱人情意展现在桌子上，云南女人美菜美味让男人食欲旺盛，心花怒放。云南女人疼爱男人是打心眼里的，云南男人大多习惯了女人服侍伺候。云南男人吃饭穿衣喝茶依赖女人，云南女人把男人像小孩一样照料。云南女人不是男人的保姆，云南女人却心甘情愿做着男人的保姆。云南女人是好厨师好保姆是美德是情重，云南女人爱上谁情浓意深轻易不回头。

画家、绣女和织布鸟的巧手。云南女子是花鸟山水画家，衣裙是她们的画布。云南女子在衣上鞋上帽上手帕上画画，云南女子在布上画尽了云彩花儿绿树山川美景灵兽。云南女子是天下最懂得美体验美的画师，云南女子把所有的作品展示在她们的穿戴用品上。织布鸟能把细如丝的物穿网打结织成防风拦雨的巢穴，云南女人的手能把细如丝的物纺织成密不透风的花朵云彩百鸟。

山羊、马和骡子般的腿脚。云南山高坡陡水长路远有着愁死人走死人的山路，云南最能走山路陡坡远路的是山羊、马、骡子。云南不怕山高坡陡水长路远走着愁死人走死人的山路上不光是山羊、马、骡还有女人，云南女人大半生在走山路，走愁死人走死人的山路陡路长路。云南有的是高山陡坡险崖，云南的山羊最会走高山陡坡险崖。云南的山羊胆大不怕高山陡崖，云南女人也胆大不怕走高山陡崖。云南高山陡崖上多是山羊，云南高山陡崖上多见女人。云南的骡马陪男人走那望不到天边的路，云南的女人也陪男人走那望不到天边的路。云南的骡马走望不到天边的路威风凛凛，云南的女人走望不到天边的路一路山歌。云南有着天下最高最陡最长的山路，云南女人有着比山路还要厚大且长的脚。

黄牛、骡子和马的勤劳。云南的山田里总也离不开黄牛骡子马，云南的黄牛马骡子是山田的主角。云南的山田里总也离不开女人，云南的山田里女人是主角。云南的山田里弯腰播种插秧铲草收割是女人，云南的女人从小在田里弯腰一直弯到生命结束。云南的牛马骡子乐在田里累在田里泪流在田里，云南女人乐在田里累在田里一辈子的汗流在田里。云南的牛马骡子是田里耕田犁地拉车的宠物，云南女人是田里耕田犁地拉车的牛马骡子。云南男人娶了朴实持家的云南女子好比娶回了一头牛一匹马一头骡子，云南女人勤劳力大耐苦得如牛马骡子。

云南女人与鲜花怒放比美，云南女人的美德与魅力像多彩的山水光芒四射。云南女人有天下女人更多的优点，云南女人少有天下女人的缺点。云南是多情的云彩下生产多情的美女，云南的红土地上的女人醉心迷人。

缅甸少年

山后再翻一座山，就到他家了。那是云南某地国门前的一座山，后面的山是国门后面的山。虽然是翻两座山而已，可是两个世界。那个世界是翡翠的王国，山里的石头虽黑不溜秋的，在强烈的灯光下，被破开了，是绿色闪耀的翡翠，翡翠很值钱，却没有他喜欢上的学校；这座山里，只有参天的树，树下的山都是石头，呆头呆脑的石头，切开它一点光泽也没有，可这贫瘠的山下，却有漂亮的学校。有翡翠的村落是缅甸，有漂亮学校的山下是中国。缅甸少年选择了没有翡翠的山下的学校。他的选择，有点意思，也有点故事。

缅甸少年很帅气，山羊形小脸，大嘴巴，满口白玉般的牙齿，闪着光亮；深深的眼眶里，两只眼睛像黑玻璃球，放着光彩；留一个马鬃形一边飘的小分头，发是栗子色的，闪着油亮；穿立领的薄皮夹克和白里透蓝的牛仔裤、耐克运动鞋。这样的面相和穿戴，再加上讲一口清晰的云南普通话，那真是港台片里的酷仔。

他是翡翠之乡的后代，是翡翠商人的后代。他的家乡有的是翡翠美玉，他的爷爷是翡翠美玉王，他的父亲是翡翠美玉王。他爷爷的翡翠卖来了一座金山，他的父亲卖翡翠卖出了一座金山。他们家有的是翡翠矿，他们家有的是钱。爷爷、父亲给他挑了缅甸最好的学校，可学校读的是中国课本，教师授课吊儿郎当的，他不想读书了。爷爷、父亲让他经营美玉的生意，企望他成为家族美玉加工和生意的传承人。他的爷爷、父亲有绝好的美玉制作手艺，一心想传给他，带他成为翡翠王。讨厌老家那被挖得七零八落的山，讨厌那在世人看来高贵和价格疯狂的玉，他也讨厌做玉的商人。他不屑那日进斗金的生意，他要读书。他在边关的中国，看到了一所整洁有序的学校，那里的老师课讲得出神入化，学生在安静的教室听课入神，他们的脸上洋溢着开启心智的那种喜悦的笑容。他看到的这所学校，在边关，在云南，在中国，那也是建造精美的校舍，条件舒适的学校。他干脆把学转到了云南边关的一所学校。

他这一转，好像给老家带去了一股风，这股风成了一股转学风。那个村，那个镇的孩子们，都哗啦啦地过来了，好几十人。好几十人，就得每人每年使出几百元的补贴。腾冲县猴桥镇学校也大方，再三请求就学的，竟然收下了，实则拿钱还找累。

缅甸少年在山这边上学，他的爷爷、父亲在山这边做翡翠生意。他们的翡翠店开得越来越大，翡翠卖到了北京、纽约、东京，钱像河水一样滚滚而来。翡翠店越来越忙，他的爷爷累病了，送到医院再也没有出来。他的父亲更累了，店里生意打理不过来，但又不愿少赚钱，劝他辞学，把火红的生意交给他。缅甸少年理也不理父亲的劝告。父亲阻挠他继续上学，他断了与父亲的联系，连他给的生活费也拒绝了。他拒绝父亲给他的生活费相当彻底，连银行卡也托人转交给了他父亲。他的学费哪里来，他课余打小工解决。他是英俊的少年，还是个倔强的孩子。

缅甸少年家有资产上亿，自己打工挣学费，谁能理解！学友不理解，钟情于他的女朋友不理解。他们劝缅甸少年向父亲低头，不至于受苦挣学费。女朋友劝他别犯傻，家有那么多钱不要白不要。缅甸少年说，看到家乡那挖玉挖得树倒下，挖得山光秃秃，他讨厌玉。他要读书，绝不做玉王；他讨厌卖玉的父亲，他讨厌父亲那卖玉的钱。

他跟父亲僵持着，他的父亲让步了。答应不让他辞学做生意，但求他收下学费钱。他父亲把钱送到了宿舍。他父亲给他的钱让学友吃惊，50 万元的金卡。让他从学校搬到宾馆住，不吃学校食堂吃饭店，他不要，更不肯。他说，他是个读书的学生，住在学校，吃在学校，给他的钱没用！他把父亲强塞给他的金卡，扔给了父亲。

缅甸少年常年穿那立领的夹克，留着马鬃那样的发，潇洒而却坚守着清苦，宁可打工挣那微薄的钱，宁可断了自己零花钱，宁可不再买新衣服，也不接受父亲的钱。他父亲生气，恼火，绝望，不理他了。而他的学习成绩却越来越好，成了班里尖子。

不爱美玉的缅甸少年，越来越有主见，越来越自信，越来越英俊了。他成了学友们钦佩的校园人物。

又到了一个周末清晨，绵绵细雨，校园还在沉睡，缅甸少年打把黑旧的伞走出了小镇，他是为他的学费去打工了。他跟老板约好的上班时间，他一分钟也不敢耽误。他哼着小曲，一脸从容。看来，他的未来，好像是被他胸有成竹地揣在自己心里的。

那个边城女人

那个边城女人住在云南临沧的一个小县城。小城离异国一步之遥。她自称为“边城女人”。边城女人，笑起来甜润的脸上油黑，那是强烈紫外线留在脸上的颜色。我喜欢把她称为边城女人。她在县财政局国有资产管理股做事，游来游去与很多人打交道，是小县城的“一条鱼”，知道小城很多美妙的故事，她在写这些故事，她在做作家梦。小城临江又有山，澜沧江和怒江的水，终年拍打奇山怪石，又蜿蜒缠绵地流过白浪滔天的山涧、神秘莫测的森林、三角梅和杜鹃盛开的鲜花如海的苍穹，再曲曲弯弯地流过县城，流过村寨，流向缅甸一个多情的地方。这样带山的精气、林的魂魄、花的香味和百鸟歌唱声的江水，必然会陶醉爱美的人，陶醉一个写作的女人。边城女人就是被这天籁魂灵按摩过的一条金鱼，是一朵芬芳的黑玫瑰，也是这小城里的才女名人。

“黑玫瑰”写着自己心灵流淌出的诗和美文，还有爱情小说。她在县文艺刊物上发表文章。她的作品纯情而甜美，真诚而善良，热情而奔放。编辑部很喜欢她的作品，她投一篇登一篇。她在县城已是风云人物了。读过她的文章，会很喜欢她的文章。文章让她的心飞向远方。她不满足于小县城的发表，她把得意的作品，投向首都和昆明的杂志报刊，当然也投到了我主编的杂志。她与我是一个系统，必然会投到我主编的杂志，也必然会与我认识。我们通电话说稿子，她话语火辣辣的，还有点傲傲的。这让我不悦，一个边城女人，写了些文章，怎么会傲傲的呢?！但她告诉我，她来过北京，北京也就那样。我问北京哪样？她说北京不怎么样，城像大海，人像沙子……以小贬大，好厉害的嘴巴。

北京人是北京城里的一粒沙子，那我就是一粒沙子。当然她说人是沙子，一点也没错。京城几千万人，站在任何一座天桥上往下看，马路上车挤车、人挨人的，人就是城市这个大海里的沙子。而“北京人多得像沙子”，应当是由我来说，从一个边城女人嘴里说出来，真难听。我一向不接受边远人那种地方小口气大的自大心态，更不愿意听外地人说北京不好。在我看来，小地方的人嘲讽北京，是不够资格的。我虽是外地的北京人，虽对北京的一些城市病反感，但对北京很喜欢，直白了说对北京的优越，打心眼里喜欢。这种喜欢是深刻的，任何一个地方的富裕和美景，也从未改变过我对它的喜欢。外地人深知北京人的优越感，也羡慕北京人的优越，也讨厌北京人的优越感。我不喜欢陌生人对北京的贬损。我与她不熟，她不仅贬损北京，还贬损北京人。贬损北京人，那也是在贬损我，我就这样认为。与她对话，我满心的不舒服。但我对她的散文，还是欣赏的，文字细腻而感情饱满，内心纯净而感受丰富。尽管小文写得略有风骚，但我对这个边城女人心涌反感，不想理这个女人，好久没理她。

北京人一向以自己为中心，北京以外的地方，在北京人看来都是郊区和远方。我看地图，云南临沧边城的那个县，小得如蚊子的眼睛，远在天际。全国有两千多个县，首都却只有一个。一个小地方，很容易让大都市人不屑一顾。这是大都市人的眼光，我就有这样的眼光。这眼光，是居高临下的眼光。那个边城女人在我眼里，就是个小县城的人，小县城有多少这样的女人！

有一个陌生电话，打在我手机上，我没接。不长时间，这个电话又打了过来，我还没接。不长时间，这个电话再次又打了过来，我接了。是她，边城女人。我蛮客气地问她，有什么事？她不回答我的提问，而是给我讲了一个又一个边城的奇闻轶事。她讲边城的美妙，讲边城人爱情的浪漫，讲边城人与动物演绎的传奇故事，讲她亲朋中滑稽与荒唐的现象，实在好听。我问她，是在讲小说吧？她说是真的。她的故事，让我对边城产生了神秘和向往。

边城是不缺文化的地方，从她的故事和她的娓娓而谈里，边城很美，比北京美；边城人能歌善舞且聪明伶俐，边城人说话直爽且真诚实在。后来，她接着给我讲故事。她毫无顾虑地讲她的婚姻。他那时是个汽车兵，她是政府机关部门的干部。他对她一见钟情，他霸道而执着地在追求她。那时她不满20岁，不懂男人，更不懂恋爱。他缠她，强行把她“生米做成了熟饭”，她只好跟他领了证。她说，婚姻与恋爱对大多人没关系；既然选择了婚姻就得与他“过日子”了。他很爱她，她努力去爱他。不过令她有点平衡的是，他长得帅气，是小城里少有的帅哥，他对她百依百顺，给她做饭，给她洗衣服，更喜欢穿梭于山林打猎，像追女人那样执着……她喜欢待在家里读书，她读了很多书，就有了写的想法。她淡淡地对待婚姻，就用热情拥抱了文学。天长日久，文学占据了空虚的内心。

“黑玫瑰”执着地做文学梦，写她身边的人。她写财政局老局长黑发渐渐变白的过程，很传神。把一件件负重的事情，勾勒出来，写出了白发层出不穷的根源。让人明白了财政局长并不是外行理解的只是管钱批钱的会计出纳那样简单。财政局长有会计出纳的业务成分，而那只是最基本的业务素质。他们像蜜蜂一样不停地采花粉，拿出一小点钱，成为种子和肥料，去种植和催生更多更大的花儿盛开，那会产生更多的花粉。财政局长不是个风光的岗位，实则是耗费心血的岗位。在心血的耗费中，黑发早早就白，大都是财政局长的特点。边城女人写的老局长，就是一个心牵千头万绪事情的财政局长。她把一个财政局长的头发变化，写出了内涵和感动。她写身边的会计，写财政小人物，仔细地写出了财政会计人的烦恼、坚守和无奈。作品的细节，比丝线还要细致柔情。她还写边城女人的生动活泼，写边城的雨与风、山与树、花与草、河与水，散发着色香味，让人产生无限遐想，恨不得变成一只小鸟，飞到边城村头栖居到老。

“黑玫瑰”写了很多作品，她内心是丰富的，也是骄傲的。有一天，她给我打电话，叫我“老师”。我很吃惊，一个高傲的边城女人，怎么如此称呼我？她说：“自己太浅薄了。你不可小看，北京人不可小看……”有了这样转弯，边城女人便流露出一份苦恼来。她说她热爱这山美水美的边城，但又讨厌这边城。讨厌麻将生活，讨厌成天找她搓麻将的人；讨厌请客不断的庸俗风气，讨厌吃了东家吃西家，随了东家随西家的变相集资的随礼怪象；讨厌大多数人不读书不看报的饮食男女的生活，悠闲自在的生活使很多人懒散而无聊；讨厌她家人和男人上山打野鸡和珍禽异兽，讨厌他们打多情美丽的斑鸠、白鹭、鹧鸪、七彩山鸡和果子狸。那次她把他抓回来的七彩山鸡放飞了。她警告他不许打猎，他不再打了，山里少了一支猎枪。讨厌边城到省城的长途跋涉，讨厌去一次省城十多个小时坐车摇晃……她向往北京的文化，也向往北京宽阔的马路，钟情北京香山的红叶，更着迷北京多如群山的作家和名人。她说她退休，要来北京打工，亲身体验首都文化，写北京人。

那个“黑玫瑰”，在向往里不断打开眼睛的窗户，向狭隘告别。她说她的狭隘，也是边城大多人的狭隘。边城人有什么狭隘？她说，那是自大与自卑。也许她看得很准。她能看到这一点，我感到她又进步了一大截。边城女人的进步，是跨越式的，忽然觉得她的灵魂在走向高处。她还能写出大美的作品，这一点我深信不疑。

黑 珍 珠

来回总有 20 多里的山路吧，一会儿在坡上，一会儿在坡下，转过山弯，又进了山弯，扬起一路的灰土。红土灰像是一股车招惹起的烟，很生气地从地上卷起来，紧追车屁股跑。要去一个叫勐梭镇王莫的村，云南省普洱市西盟佤族自治县的地方。正是春旱，山路上泛起厚土。越走沟越深，越走弯越大。尤其难为情的是，车屁股惹起的浓厚灰土，会顷刻间淹没山路上的行人，也让山边树林灰头土脸的。看看车后背东西的几位少女，被飞扬的灰“埋”了，那漂亮的脸蛋和孔雀般美丽的衣裙，必定成了土头土脸土衣裙。我似乎听到了行人与树对这车的埋怨，对这车里人的埋怨。我的脸在发热，我的屁股也坐不稳了，我有点后悔上这条路了。难道非要去这个村吗？主人说，这是县最偏远的村，你们从京城好不容易来一趟，一定去看一看那个村。主人这么一说，对车后尘土飞扬的内疚，倒有了充足的理由，心里略为宽慰一点。来回的这段山土路，扬灰漫了一路，苦了路人，成了让我心情极为沉重的事。而这一趟的奔波，回过头来想，与其说是看一个村的，倒不如说是去看一人的，一个叫娜柔、我暗地叫她为“黑珍珠”的佤族少女。

这是一个竹墙草顶、人住上畜养下的佤族村。竹楼里炊烟袅袅，竹楼下猪牛欢叫，弥漫着呛人味道。这样的村落，让人有种进了远古佤族部落的感觉。但我知道这样的村落在云南已不多见，政府正在为他们规划别墅式新居，财政拿出大笔钱补助他们盖别墅。佤族人很勤劳，太阳像火轮一样，很容易中暑，可村里人都下田去了，只有老人孩子。村寨这么落后，当地领导为何不怕亮丑，要带我们来看这儿？原来西盟县的官员用心良苦，就是要让中央财政和省财政的客人特意看他们最贫困的地方，好给这佤族村落建设多要些钱。同行的云南省财政厅预算处陈玉柱，是有拨款建议权的。这更让我感到，他们让我们来这个村落的意义不同寻常。

村办公室是全村唯一用砖与水泥盖的，虽是平房，但在全村是漂亮的建筑了。这让人感到全村的别墅新居，为期不远了。事实上，村长脸上的几许喜悦已告诉了我们。复员军人出身的村长，把村蓝图挂在墙上，满腔自信地介绍村的贫困和未来美好前景的筹划。当然他的自信，是早已知道政府会有一大笔钱补贴到村，会给他的村带来新路、新房和贫困人家的补助。

村长带我们去看农户，可家家没人。竹楼下有位佤族老人和佤族少女。我们要看老人的家，老人为难地说，他们都下地了，房子乱不好看啊。佤族少女怕我们失意，她犹豫片刻，羞答答地说，要么去看我家吧。好一个美丽灿烂的佤族少女。她太美了，长到腰的黑发，乌黑闪亮的眼睛，黝黑的脸上泛着甜美的笑和缎子般的光泽，真是一个明亮的“黑珍珠”。她说她叫娜柔。她叫我们跟她来。她家是一个很小的竹楼，门开着，屋里没有人。这是一个不到 20 平方米的楼屋，地中央是火灶，一堆燃过的灰烬里闪着火苗。“黑珍珠”要给客人烧水沏茶，但火已烬，没开水，沏不了茶，她感到难为情，脸唰地红了。

屋里两个铺。“黑珍珠”指前一角的铺说，奶奶睡那；奶奶70多岁，去田里了。那一角有洋娃娃的床，显然是她的。屋里没有她爹妈的铺。没等我们问她爹妈，她说她爹妈去世了。“黑珍珠”与年迈的奶奶相依为命生活，几乎是孤儿了。

“黑珍珠”家里，除了一台不能收看的黑白电视机，还有她手里摆弄的手机，什么电器也没有，也没有家具，仅有的家当是锅与水壶，还有很旧的铺盖，还有她铺墙上艳丽活泼的卡通画片。在我看来，是一贫如洗的家，要是别的孩子大凡愁容满面，或者泪珠挂脸。可她以一脸灿烂的笑与我们爽快地聊天，看不出苦恼与忧伤。

她让人难忘的是那笑。她爱笑，那黑又亮的眼睛朝你闪过来时，就随着甜美的笑。那喜悦和羞涩的笑里，还有两个小酒窝也在笑。“黑珍珠”的笑脸里，透着对未来的憧憬。“黑珍珠”虽生活在这穷乡僻壤，她却在县城上民族中学。那是西孟县城最好的中学，县城路边一座漂亮的学校。她享受着国家给她提供的寄宿学校和奖学金待遇，她对上学表现出十足的满足与快乐。

“黑珍珠”说，她刚从学校回来，路上看到你们的车进村。我们的车就停在她家后院。她没有说车弄得路上尘土飞扬，而她头发上却尽是灰土。看她灰头土脸的，脖子里还有灰与汗和的泥巴，我越发对那扬起的灰土而内疚，也越发可怜起她来。她的脸如若没有灰尘和汗水泥巴，那该是一张更加光彩照人的脸蛋。或者说，她如若有爹妈疼爱，她应当更加快乐得美丽出众。想到这里，我的手伸进了我的衣兜，我塞给了她几百块钱。

云南财政厅陈玉柱先生等也掏出了钱，女作家周燕把自己心爱的纱巾围在了“黑珍珠”脖子上。这么多人的爱心，使“黑珍珠”极其羞涩起来，双眼涌出了泪珠。

这偏僻而落后的佤家村很快会消失的。我又从漂亮而清新的西盟县城的发展势头上得到了证实。西盟县城紫红色木石水泥结构佤族风格的建筑，也许是全国少有的以民族建筑为特色的城市，它正以不可阻挡的扩张，“淹没”着落后的村庄。我感到西盟县城和大山深处的“黑珍珠”的勐梭镇王莫村佤族乡村，不久会成为一个让人很着迷的地方。

第三辑

你让我浮想联翩

你让我浮想联翩

是追着一朵又一朵彩云去的昆明。进昆明的路很长，天上的云也多，直追到天边日薄西山暮色苍茫，也没有追到最后一片彩云。昆明的云，都似云南边城的人，不急不慢地奔向省会来的吧。这彩云是仰望不尽的花朵，让人满目喜悦，会联系到云南的许多地名，让人浮想联翩。汉字实在是太美了，把事物的形状都画出来了，它让人在没有见到一个地方、见到一个人时，从字的面目上可以产生联想和向往。云南名字一定与云有关系，准确地说与云岭有关系，是云岭以南的地方。可云南朋友执意说，是南边的彩云，彩云的故乡，因而叫云南。也对，古人曾用“彩云南现”称谓这片神奇之地，云南朋友的解释更为生动确切。我宁愿记住“彩云南现”是云南名字的出处，也不想把它定格在“云岭以南的地方”的史料解释上。

我沉浸在去昆明的兴奋中。琢磨“昆明”是什么意思，只知道它是四季如春的地方，四季盛开鲜花的地方，所以称昆明?但我还是愿意从字面上去寻找“昆明”的含意。那应当是“比日月还要明亮的地方”吧，我很愿意接受这个含意。“比日月还要明亮的地方”，必然有春天般温柔的风，必然有开满街头姹紫嫣红的花儿。于是，有了这诗意美的想象，像要去会见一个美丽妙哉的少女，有点激动，且激动得有点心跳。这种感觉，缠绕在我漫长的路途里，不停地向昆明的远方眺望，也不时沉浸在昆明那如诗如画般仙境的冥想里。那一路的激动，化作了诗，写了一首又一首诗。而诗是写在心里的，随时可以把它流淌在纸上，可我情愿继续写在心里，也一刻不愿把眼睛从车窗前离开，也不愿让诗意的泉水停顿，情愿长长地享受对昆明这样美的地方无尽联想的快乐。

昆明总是不会让富有想象的人、迷恋大美的人失望。从激动的想象，到落入昆明的怀抱，一路上心跳的感觉仍在加剧，且让我持续了许久。昆明的太阳的确格外明亮，那是没有灰尘烟雾遮拦的太阳，太阳的光束，丝丝干净而赤裸裸地洒了下来；暖融融的风里有香水味，那不是香水味，是真正的花香味；花儿开满了的大街小巷，那比我想象中的还要纷繁娇艳，是在画里和梦里才见到过的花。

昆明很美，它不仅是花的天国，还有与花儿一样美丽的姑娘和绿树一样清秀的小伙。诸如这些流动的美，是我一路上冥想也想象不到的美。这冥想的美与置身在美的现实里，是有深刻缘由的。昆明绝美的风光，足以让一个人产生无限的冥想与激动，也足以产生不愿意切断诗的泉水的念想，是因为这美的地方，出过一些了不起的人，也生活过一批了不起的人。

令昆明人骄傲的人物有很多。云南历史上轻徭薄赋，出现了昆明滇池周边繁荣的远古部族贵族首领、云南第一个“省长”锷赛典赤·赡思丁，让世界惊讶的七下西洋的航海家郑和，感动了华夏子孙的音乐家聂耳，叱咤风云的将军蔡锷，等等。还有西南联大曾让昆明光芒四射的伟大几何学家、物理学家、教育家、数学家、化学家、语言学家、生物学家、考古学家、地质学家、哲学大家 、气象学家、文学家、戏剧家、诗人、音乐家、历史学家、力学家、社会活动家、建筑历史学家、建筑教育家和建筑师、逻辑学家、经济学家、人类学家、民族学家等一大批令我心潮澎湃的人物。陈省身、华罗庚、冯友兰、沈从文、梁思成、王力、闻一多、钱穆、钱钟书、费孝通、吴晗、朱光潜、林徽因等人物的成果和著作，让人想起他们的名字，就会在心中燃起熊熊火焰。

云南历史人物锷赛典赤·赡思丁，他在云南财政人财税研究史料里，有浓墨重彩的一笔。昆明人说他是位“上忠于君，下爱于民”的好官，他兴农事、建屯田、倡水利做得好，滇池周边地区一片富饶景象，史籍上说是到了牛马成群、狗也吃肉、鱼虾之多可拿来肥田的地步。这些繁荣的背后，是他规定赋税可以根据各地便利，以牛、马、银钱等交纳的合理赋税、轻徭薄赋。他是云南远古首领里创立税收制度的最有财税才能的官员。昆明人至今称颂这位首领，是他泽福了一方，标立了惠泽贫民的财税体制。这个财税体制，引导多少官员有了亲民情怀啊。

郑和七下西洋的壮举，让人联想到汪洋大海里的一个人和一个船队的英雄故事。郑和率领几百艘庞大的海船、几万名船员组成的船队七次远航，漂泊在西太平洋和印度洋，在 30 多个国家播撒友谊种子。那艰辛远航和辉煌的成就，让中国人多么自豪，也让昆明人无比骄傲。还有同是昆明人的聂耳，想起他耳目边就会响起那激荡心扉的《义勇军进行曲》。起来！不愿做奴隶的人们！把我们的血肉，筑成我们新的长城……中国人从领袖到百姓，唱着这国歌，唱遍神州大地，也唱遍了全球。这首歌成了全世界人感受中华民族心跳的强劲音符。

曾经的西南联大，因战争聚集了一批中华民族的精英“文脉”。他们在昆明生活多年，在云南行走多年，尽管面对日寇飞机扔炸弹的危险，昆明春的风、春的雨和四季浪漫的春花，给了这些华夏文化精英无限暖意与联想。他们在昆明，在云南，成就他们的文化梦想，培养人才并做学问，成了后来新中国一批群星灿烂的人物。昆明的美景和昆明人的热情，使他们在教学中有了许多令人回味的趣事。华罗庚在牲口圈楼上钻研数学，闻一多吃了上顿没下顿，朱自清为御寒买廉价披风，梅贻琦夫人卖衣服招待客人……最让人发笑的有几位先生，那是在汪曾祺笔下的金岳霖和他们同学口中的冯友兰、闻一多、费孝通等。汪曾祺这样描述金岳霖先生：“金先生的样子有点怪。他常年戴着一顶呢帽，进教室也不脱下……金先生上课时，常戴一顶呢帽。每至学年伊始，给新生上课，他的第一句话总是：“我的眼睛有毛病，不能摘帽子，并不是对你们不尊重，请原谅。”

老师对学生的尊重，细致至此，似不多见。后来，不知为什么，金先生配了一幅眼镜，一片白，一片黑，那也叫一个独特……金先生是个单身汉（联大教授里不少光棍，杨振声先生曾写过一篇游戏文章《释鳏》，在教授间传阅），无儿无女，但是过得自得其乐。他养了一只很大的斗鸡（云南出斗鸡）。这只斗鸡能把脖子伸上来，和金先生在一个桌子吃饭。他到处搜罗大梨、大石榴，拿去和教授的孩子比赛。比输了，就把梨或石榴送给他的小朋友，他再去买。冯友兰在联大时期授课之余，不是舞文弄墨，而是舞刀弄枪，喜欢收藏旧兵器，这一点很出乎人们的意料。昆明有一条文明街，有个摆旧货地摊的夜市。冯先生经常去那里逛，买旧兵器。他收藏的大都是明清两代的遗留品。闻一多先生既学养丰厚又诗人气质浓郁，据当年的学生李凌与汪曾祺等人回忆，他讲楚辞，开头总要引述晋人王孝伯的一句名言，“痛饮酒，熟读《离骚》，方称名士”，而后才开讲。在课堂上，不仅他自己要抽烟，有时还点个香炉，甚至允许上课的学生也抽烟。他讲上古神话，亲手绘制伏羲和女娲的图像，一大张的毛边纸钉在黑板上，一点一点娓娓道来，把烦琐的考证讲得有声有色。他的“古代神话与传说”课非常叫座，上课时连理学院、工学院的学生，都穿过昆明城从另外的校区赶来，挤满大教室的里里外外，仿如今天某个明星的校园见面会。西南联大时期，昆明遭受的空袭是出了名的。费孝通也不得不和其他教授一样，到昆明远郊去寻找一块清静之地，以便专心从事他所喜爱的学术事业。后来，先生带着他的社会学小团队入住求签拜神的一个庙宇……

昆明因太多的杰出人物和文化巨匠的出现和到来，使得它的美增添了绚烂多姿的色彩，也因这些魅力四射的人物和他们的故事，使昆明蕴藏和散发着比鲜花更迷人的文化与精神光芒，使人们想起昆明和来到这个城市总是激情满怀。

昆明永远是旅行者和追美者向往的地方。行走在昆明的大街上，每天都有川流不息的游客，他们中大多数人是冲着春意绵绵和鲜花朵朵的美景来的，只有极少的人会顿足欣赏比花儿美景还要美的文化和精神的东西。置身于昆明，昆明香的花和柔的雨，昆明的美味，还有昆明的姑娘，很容易让人眼睛和身心停留、满足，而不看看昆明这些让人真正心跳的东西，走一趟昆明才是最大的遗憾。

对昆明的感动，当然远远不止这些。它的美，就像它天上的云多彩，看不透；它的美里，藏着更丰富的美，品不尽。

走云南之难

一个爱花懂花的人，一定会迷恋三角梅的。芒市的三角梅开遍了街头，也开到了寻常人家院落。这里的梅树上开好几种花，红、黄、白、紫，尤其那红色与紫色更让人喜爱。每片花样的叶，像穿艳丽裙装的少女，在微风中翩翩起舞，且拥抱着一簇又一簇碧绿挺拔的相思竹，显得多情而浪漫，很容易使人产生留恋。芒市人说，别走，住下来吧，芒市的夜晚更迷人。有这么美的三角梅与花、竹的地方，想那花入梦的美妙，何处寻找。而耿马的一位比花还多情的人，在那里等候，不赶到歌舞的晚餐不开席。尽管有浓情的牵引，而我很想住在芒市一夜。可车拉我们上了耿马的路。我不情愿走，尽管说仅有不到三小时的路程。这个迷恋与不情愿的感觉，随着车子越走越远，后悔之情越来越强烈。

出了芒市，车子拐了一个弯，驶入一条狭窄的道路。这是土石与柏油相融的山路。没想到车子从此拐进了一条羊肠山路。车轮子越走越慢，车轱辘越来越蹦，山路越走越狭窄，越走越弯曲。云南财政厅预算处陈玉柱的疑惑越来越大：不是说芒市到耿马是二级公路吗，二级公路哪是这般坑坑洼洼的？司机小伙说，一点没错，导航仪上“导”的就是这条路。我们的疑惑被司机用霸道的导航仪注释了。我们是第一次去耿马，既然是导航仪指引方向，不会误入歧途吧？谁也不知道。司机按照导航仪指引开车，导到哪拐，就往哪拐，谁会怀疑这条路，谁又会不相信导航仪呢！我想今晚不住在芒市那开满三角梅的酒店，一定会是一次后悔莫及的选择。

车子又拐入一条山间小道，它像盘在山间的一条蚯蚓，是弯与弯几乎连在一起的窄得像鸡肠子的道。这窄道的一边是高山巨石，一边是悬崖深渊。稍不留神车子会撞上山石，稍有偏差车轮会滑落山间。在山间看到好几辆大车小车惨不忍睹的样子，我的心提到了嗓子眼上。车子就是不久前失足山间的，车子摔成了几片，有人在清理现场，人会怎么样？不得而知。想必也是九死一生吧。看到这惊心动魄的场面，感到今天的赶路，不祥也许会即刻发生，便双手把紧了前座的把柄，有种随时面对灾难的惊恐。车子奔跑两小时多了，应该有一小时会到耿马的，虽然惊惧，而想再忍几十分钟就会结束这可怕之行，又有了一分信心。耿马热心等候的朋友电话问，车走到哪里了？说到什么山了。对方质疑地问，怎么会到什么山呢，不应该走那山啊，莫不是你们想游山玩水？司机说，走得没错，导航仪上导的。对方说，你们绕远了。司机说，导航仪就导的这条路。但我已经晕车了，胃里开始翻江倒海。陈玉柱也晕车了，倒在了一边，不去理会什么。我也不去看那忽而就要撞在车上的怪石，也不理是否会掉进深渊，闭上眼睛忍耐异常难受，把命交给司机，也交给这车的运气。我真想让车掉头，回芒市的酒店。那三角梅开得正艳，真让人温馨。

坐在这车上的六个人，除了我和陈玉柱先生很痛苦，有两个人很郁闷，但有两个人很兴奋。郁闷的是作家老衣和云南财政的小何，他们不知去向，而却能沉稳地把车座当床睡觉，睡得很香甜，且睡一会儿吃一会儿山竹。老衣几乎以不停地吃山竹来缓解紧张、难受、不满、郁闷。幸亏有一箱山竹，否则以老衣的狡猾，就地下车也是有可能发生的。他边以吃山竹安慰自己，边不停地指责周燕。周燕是临沧永德人，一路同行的云南财政作家，这次去耿马采风，是她诡秘的主意。因为去耿马，必然要路过永德的永康，永德是她现在生活的地方，永康是她老家生长的地方。她的私心，想让我们到她家乡采风。她们是边城小县，难得有京城来的人。她把昆明和北京的人，带到她们小县，是份荣耀；她是好心，是想让我们看看她家乡有多美。可这难走的路，这难以忍受的晕车，这提心吊胆的危险，使她的良苦用心的主意，随着痛苦的增加，成了强加给我们的痛苦。周燕遭到的指责，越发频繁了。在难受的时候，老衣甚至对我说，这是周燕的谋害。尽管这样，车里有两个人是兴奋的。一个是司机，一个是周燕。司机是一个武警即将退役的小伙，身体结实得像壮牛。他也许开惯了这种九曲十八弯的山路，也许这种山路的难与险，对他是一种兴奋剂一样的刺激。他把优美的歌曲放得震天响，震得车里的空气也在跳动，他随着歌豪情歌唱，精神爽朗而以高度警觉的状态，操纵着方向盘，也毫不动摇地盯着导航仪的指示，在一个又一个岔路口，准确无误地把车开到如蚯蚓般细而弯弯绕的山道和村道上。他是个对山路感觉很好，且对自己开车技能十分自信的司机，他把这蚯蚓般险道上的驾车，当作一种才能的表演了，且表演得很精彩，这让他很兴奋。另一个兴奋的人，当然是周燕。尽管周燕面对一个又一个晕车难受的朋友而心痛，也面对来自朋友们的出主意动机的质疑和埋怨，也面对这极其危险的山路，时而感到无地自容，但她吃了晕车药，精神抖擞得很，也时不时地露出快到她家乡的喜悦，或者是激动。所以，她和司机，一个在情绪激昂地唱着，一个在埋怨声中笑着，表现着不同的兴奋。我愤然地说，回芒市去那开三角梅的酒店！司机说，路已走过半，回不去了。车既摇摆又跳舞，感觉车也快散架了。

刚才走的是石子路，车轱辘像搓石子、炒豆子似的。尽管在这弯接弯的道上行走，而车开得飞快，车胎挤走的石子，打得树叶纷纷飞落。这路是导航指示的路吗？司机说没错。而证明“没错”的，是迎面或后面来的一辆辆车。不是国道，哪有这么多车？我们不再质疑了。车子上了一条道，是油路，可它是比石子路更有意思的路，车在路上弹跳，人在车里被扔来扔去，头被扔到车的天花板上，胃肠的东西，也被提上来扔下去。而且还不单纯是上下的弹跳，让人弹跳中还有摇摆，像晃荡的瓶子，左右前后和上下跳摆。人成了摇摆跳动的物件，胃里的东西在上下翻腾。这路云南人叫“搓板路”，像洗衣服的搓板，车轮蹦极似的，上下弹跳。有人冲周燕喊，这是什么鬼路！周燕说，云南就是这样的路，我们都走了几十年了。我深深想念芒市朋友的热情挽留和三角梅的好客多情。

在这漫长而糟糕的路上，很容易想一些哲学问题。如果住在芒市那三角梅环拥的酒店，晚上漫步在芒市鲜花绿草中，那会是多么开心的事，也避免了受这番罪。我不后悔去耿马，而我后悔走这样的路。采风哪里都可以去，不一定非要去耿马，这个选择是错误的。这样痛苦的行走，犹如饿着肚子看戏，眼里全是茫然。北京堵车虽然苦恼，但也没有走云南这路痛苦；

宁可遭受北京的堵车痛苦，也不愿受这花海里的摇晃。都市人享受了道路的平坦与繁华，享受不到这青山绿水与绿色的空气，山里人享受了青山绿水与绿色的空气，享受不到行走的平坦与繁华的热闹。究竟是山里人幸福还是都市人快乐，应当是各有各的幸福，也各有各的局限吧。在摇摆难受之极时，脑子里产生了漫无边际的想法，甚至感到北京的堵车之苦也不算什么了。

车在山道和林间绕了快五个小时了，首先忍不住胃里翻腾的是陈玉柱，让急停车吐了个江河滔滔。他说，肠子快吐出来了。眼看太阳西沉，赶紧赶路。这摇摆与蹦极似的折磨，使我的头，我的胃，我的四肢难以忍受了，我强力忍耐，等待耿马的到来。可司机说，还有一半路要走。我感觉再要走下去，比死还可怕。看到我们这样，周燕像犯了大错的人，愧疚地不知怎么办好。而我们难受得已无力怨责她了。

周燕生活在边疆小城，住在别墅般的房子，上下班回家路程不出半小时，玩乐在小城方便自如，没有堵车，没有污染，满街熟人，悠闲怡然。她要去看北京，她从小城坐长途车一天半到昆明，再坐飞机到北京。她说，她的小城虽与昆明距离短但路途太长，昆明离北京虽然远而时间很短。她看了北京，她感到在昆明和北京出门是宽阔大道，开车虽拥堵却没有高低不平的山路。就凭出行平坦，她感到还是北京和昆明好。她的感慨，也许同所有的云南人一样，在渴望开阔与平坦。云南人喜爱山，享受山，却也让山遮拦了视野，让山拦住了去路，也让山阻挡着远行。云南什么也不缺，缺路，缺穿越千山万岭的路。

车子终于从“搓板”路，拐到了一条水泥小道，当然是导航仪导的。正是村镇的集市时候，路上是挑、背、扛、提、推山货和百货用品的村民，路边的山货和百货杂物几乎摆到了路中央。遇到了云南东西最多、人最多、最热闹的镇。鸡狗猪也在路上大摇大摆地闲逛。车比人走得慢，我的头要爆炸，肠胃在翻滚，看到了旅馆，我用尽力气喊出话来，终于喊出“停下!”，身边的玉柱听到了，让车停下。我说后面有旅馆，我要住在这里，不再走了！登记，开门，我顿时瘫软在了床上。睡在床上，还是天旋地转地晕眩，我大口喘气，冷汗淋漓。想，死也不再坐车了，休息过来回北京吧。睡了一个多小时，眩晕与恶心减轻一些，就想再找大点的宾馆住下。可出了镇，又是土路和弯弯绕的山路，看不到城市，只得继续往前走了。

这杂乱而繁华的镇，是这一路除了永康镇外，经过的最大的镇了。在这大山里的小镇，昆明和北京有的商品，这里几乎都有，虽然很廉价，也许不那么货真。这摆满一条街的商品，应该体现了云南所有乡镇经济的活跃。正是因为有这条蚯蚓般细长的路，才有了八方商品的云集。路，对于这样偏僻的山村人来说，就是梦想幸福的翅膀。这里的茶与山道，曾经连接着云南的茶马古道，这里的茶源源不断地走上茶马古道，运到了中国北方，运到了欧洲等迷恋这里的茶的地方。世界上喝过茶的人，大都喝过云南这山村的茶。云南的茶是神奇的，每个茶的山村都是连着世界的，云南人是了不起的。云南不仅有奇妙的茶，还有世界上最美的花，最美的树，最甜美的水果，最壮美的山和江河。云南给世界奉献了一个绚烂多彩的天然公园，云南人给我们北方人奉献了争奇斗艳的花卉和芒果、香蕉等美味的水果。云南的多民族还给人类奉献了动人心弦的歌舞和奇妙与独特的文化。没有云南大美的中国是失色的，没有云南大美的中国是孤独的，没有云南多民族的歌舞是寂寞的，没有云南多民族文化的精彩是缺乏想象力的。云南为中国和世界的贡献是巨大的。我突发奇想，所有喜欢这里茶和水果的人，应当以回报这天赐之物而捐钱，把这条路拓阔了；云南为中国和全世界提供了香美到极致的茶叶，所有爱云南的人，都应当为云南人投入，为云南人走上通畅的路而出份力。

出了村镇，又入“搓板”路。胃肠被折磨得再也忍受不住这摇和摆了，又回到了极其难受的状态。弯路漫漫，我要求停车，我不坐车要步行。朋友们也忍受不住这折磨，也跟我一道在山路上步行。车子缓缓跟在后面，或者开到前面一段又一段路地等候。步行好几公里，身体好受一些。终于又到小道上，车来车往，行走危险，继续坐车。这路忽上忽下，心一惊一吓地，眩晕与恶心又涌上来。车从一个长坡滑落到底谷，是一条碧绿漾漾的江。见到江我更想吐了，车到桥上我下车呕吐。我扶在桥栏上，头伸向大江呕吐。吐了个舒服痛快。周燕慌了，急忙过来要拍我的背，我仍在狠狠地怨她，让我们走这样的路，受这般罪。她这安抚小孩的把戏，我拒绝了。朋友幽默说，这是怒江，你在给怒江的鱼儿喂食呢。桥下怒江在翻滚，江涛让人惊，我回头狠狠地看了周燕一眼，狼狈地坐在桥上喘息。

已奔波六个多小时了，我实在不想上车了。还有多远？司机说，有三个多小时路程。这三小时路，一定会要了我的命，不走了！而耿马的热心朋友来电话说，到耿马至少得三小时多山路，眼看天将黑，今晚住在永德的永康镇吧。这桥离永康镇一个多小时，他在永康等候。曙光就在前面，车子在落日里进入了苍茫山路，拧得像麻花一般的山路。

车又进了山道般的村道。仍然是拐来拐去的弯路，仍然是忽高忽低的窄道，仍然是上下弹跳和左右摇摆的“搓板”路。

又饿又闹的肠胃，被蹂躏得刀绞般疼痛。路边有了村庄，有灯火与炊烟，好像闻到了饭菜飘香，盼望车就地停下，或者车就地坏在这里，就可以住在这里了，跑得仍很欢的车，让我沮丧。而此时周燕忽然兴奋起来。她指着窗外的灯火灿烂的村庄说，那是她老家。全车人看那个村庄，村庄在山的苍穹里，灯火映亮了山上的树，高大而浓厚的树包围着村庄，村庄在夜幕里神秘而多情。车到了又一个村，起码有十里路了。周燕兴奋地说，这里有我的母校，我就是走这条道上小学，又上中学的。我一个人常常走夜路，每次都害怕有鬼和坏人；这路上的蚂蚁和石头也认得我，我也认得它们。她纯真的情愫，让我积聚了一路的怨气，顿时烟消云散。我对周燕和这山这村这地方，忽然有了感慨：多么偏远的边疆小村，周燕每天来回赶十多里山路上学读书，多苦！她说，我们家乡太美了，上海知青在这里落户的不少呢。她给我们讲上海知青爱上她家乡姑娘的故事，最后不回上海而自愿做永德人的自豪，她很自豪。她爽朗地笑着。

车还在绕弯，只是越来越慢了，入夜的山路行走更险。到永康还有一个多小时路程，饥肠辘辘与头晕目眩，几乎要折腾得我快昏过去了。周燕给我们接着讲上海知青艰辛的生活与浪漫的爱情故事，故事很精彩，有解饿与提神的奇效，我有了一点精神。看看表，快九点了。急切盼望到永康。快到了吗？周燕说，翻过这座山，就到了。

车又入忽高忽低的山路，穿过浓厚的夜色，把路边的山与树推远，终于翻过了山——永德县永康镇到了。我们拖着瘫软不堪的身体，勉强下车，耿马的朋友把我们扶下车来。这时，已经快十点了。

这一路，行走了九个多小时！那么加上明天到耿马的三个多小时路程，那就十多个小时的山路了。尽管歇息在了永康镇不错的宾馆，但我还在后悔应当住芒市，仍然想着那笑得爽朗的三角梅的留意。耿马的朋友说，芒市到耿马，最多四小时，你们走的是20年前的老路。司机说，是按照导航仪走的，会有错吗？肯定走错了，是导航仪导到了老路上。司机感到难为情，给自己打圆场说，这也许是你们人生的一笔最大财富呢！这话，让我们哭笑不得。苦难就是苦难，苦难绝对不是人生的财富，适度的苦难也许会是感受与找到幸福之门的财富，而极度的苦难绝对是灾难。这苦痛的长途颠簸，毫无疑问是极大的折磨，也毫无疑问不是人生的财富，但它让我们知道了多年前云南人，出门是多么费时、费车、耗人、受罪，甚至有多少人付出了生命代价。

好在这样的路已成过去，全滇已有四通八达的高速公路，而让人忧的是，这样的路还在用，车祸还在发生，人还在伤亡。不知云南人什么时候不再走这样的蚯蚓山路，那应当是云南出行之福的到来。

尽管有了高速路，车从昆明到边疆，也得走近20小时。周燕是感受长途车最为深刻的云南人之一。她去趟昆明，要在车上睡一个晚上，还得大半天，每次来回的折磨如同经受一场大病。她说，云南人的生命都浪费在路上了，云南人的钱都花在路上了，许多云南人的命丢在路上了。这话不虚。缺少铁路的云南，最佳的出行方式，就是飞机。难怪云南财政投入大量资金，支持高速公路天险通坦途，开辟空中通道，这使人多么喜悦呀。美丽的三角梅开遍云南山岗江河，云南是一片仙境般的地方。结束云南人远途的颠簸跋涉，那将使更多云南人真正活在了人间天堂。

到了耿马，就到了云南的最边缘，也就到了中国的最南端。踩在耿马高大的橡胶林埂上，埂的附近是耿马农民新建的别墅，跨一步就是缅甸，那里的村庄依然很旧，道路还比我们昨天走的路破旧。如今没有人想跨过去，但有更多的姑娘嫁过来。忽然想到怎么回北京，这里离北京很远，是否要走昨天的路？想起昨天的路，我浑身顿时颤抖了。原来是到不远的临沧坐飞机回，心里的痛苦顿时消失了。我实在不愿意受那极度难受的摇摆和颠簸，那是对人极其缺乏尊重的摇摆和折磨，也是让人没有尊严地赶路，这样的苦难，永远不愿意接受。尽管我很喜欢那位技术高超的武警司机小伙，但我十分不喜欢他的“苦难是人生财富”说法。

回程是轻松而惬意的。可怕的几千公里路程，要让车轮不停地跑，也得数天数夜，而空中四小时多就到京了。我由此更加深刻地证明了我不喜欢“苦难是人生财富”的豪言。这样的豪言，只是一种心理的止痛膏和对痛苦认识的开脱剂。少一份苦难与痛苦，多一份幸福与快乐，这永远是真理。这样的苦难与痛苦，对人类来说，永远是恶魔，永远是灾难，它只能是人的记忆，却难以成为最好的回忆，最好远离，最好让后人少点重复和经受。辛苦与劳累会让人感受到快乐与幸福，而谁把苦难与痛苦分配给所有的人呢，每个人都把经受这样的苦难与痛苦看作很有意义，那就不用制造飞机和舒适的轿车与高速公路了。路，永远是人类通向幸福的梯子；路，永远是像云南这样千山万水的地方让后代幸福的通道。今天和今后的云南之难，仍然是行之难。

在云南读白

走过云南，总是满脑子白云。白云山川是云南的家，云南的白云四处都有家。抬头是满目的白云，远望仍是漫步的白云，低头还能看到白云——那是水里晃悠的白云。云南什么颜色最多，天上的白色，地上的绿色，加上被白云映照流淌的白云江河水，云南的白色，在大多地方应当是主色了吧。于是这大白催生了另外的一种白色，让天下人看到它想到它都会想起云南白云这神奇白物，因而就有了崇尚白色的人们。那是云南白药的洁白和白族人钟爱白色的情结。从云南白云很容易想到云南白药，也会想到白云下让人感动的白族人。白云、白药和白族，是多彩大美云南的特殊展现，更是云南让更多人对美的想象和感动。

云南的云，大多白得刺眼。那白，会使眼睛畏光的，是让人产生无限感慨和无比感动的白。云南的白云，即使你用足了想象的翅膀，也用完了所有美妙的词汇，或者对白有着极其丰富的识别，也难以把云南的白云，想象出更多的形态，想出淋漓尽致的入木三分的恰如其分的描述，也难以对它白的大美构出多面诠释。

云南白云是什么性质的白？想起了沈从文《云南看云》，对云南的云形容得很确切。沈先生写道："云南的云似乎是西藏高山的冰雪，是南海长年的热浪，是冰雪与热浪两种原料经过一种神奇手续完成的。色调出奇的单纯。唯其单纯反而见出伟大。尤以天时晴明的黄昏前后，光景异常动人……"。

极白的云，原来是冰雪与热浪合成的，所以那么单纯。云南的高山，那是奇怪的自然世界。山上有冰雪，山下滚热浪；山上寒冷彻骨，山下赤日炎炎。原来这是白云的故乡。白云就是在这一上一下的冷热对仗中，生出了单纯的白色，它们迅速相拥在一起，成了一朵又一朵的云。沈先生用"单纯"刻画云南的云，的确生动而准确。单纯，应当是白得极致，当然是没有任何杂质色调。观望云南白云，那飘荡在头顶的一团团天之花朵，那纯白震撼人的心，那乳白、青白、灰白的白云，也是单纯得让人惊讶。

云南白云是一景，是值得从几千里地赶火车坐飞机去专程品味的。在云南，无论是在什么地方，也无论是坐还是走，白云总是跟着你，或者被白云牵着眼睛。品这白云，可以看到世间所有万物的姿态，可以赏到千姿百态的山川河流，也能读到天下形形色色人的脸的表情。如果心静如水，如果心有诗意，如果心如大海，那会从白云里寻找到让你灵感喷涌的诗泉，你会写出自己很难相信的动人心弦的诗句，且又从诗的动情里发现白云的无限多情，又从白云的无限多情里升华本来就很动情的诗章；那会从白云里看到让你对世事变幻奇妙的感悟，你会感到这白云的纯净多圣洁而高贵，它是多么深刻地体现了自己内心的单纯而圣洁，你觉得人的内心不管如何变幻莫测，而单纯的底色应当永远如它一样；那会从白云的内心看到了它单纯得透明，会读懂白云丰富而单纯的品格，会忽然觉得白云是心灵的纯净剂，多么想使自己心灵也变成不染尘灰的一朵白云；那也会想到有一天自己的生命要化作一缕青烟，如果幸运的话也会化作一股雪白的烟，与那白云相会成为白云的一部分，成为云的花朵……仰望这万象的白云，那是文学的、哲学的、天文的、绘画的、舞蹈的等等艺术画卷。

在大理看云，会被另一种“白云”迷恋，那是白族人衣服的白和房子的白，白成了白族生活的主色调。“苍山绿，洱海清，月亮白，山茶红，风摆杨柳枝，白雪映霞红”，白族人的服饰，以白色为贵，这是为什么呢？难道是白云影响了白族人的审美，难道是白族人崇拜白云之美，难道是白族人懂得了白的大美之内涵？应当是。

白族人把白云砌在了房子上，房子除了青瓦，就是白色了。白族人把白云穿在了身上，从头到脚的色彩间，透着白色。

那白族男子，白色对襟上衣，外穿镶花边黑领褂，下穿白色或蓝色肥宽裤子，头上还要缠白色包头。那白族妇女更是以白色为尊贵色，“大红领褂白衬衫，艳蓝围腰花飘带，叫人不得不喜欢”。尤其是白族金花的服饰，头饰“风、花、雪、月”的白格外明快，白色右衽大襟衣，外加领褂（又称坎肩，无领）和围腰，下穿花边裤，式样多为紧身和束腰，色调中总透着白。

白族崇尚的白色里，蕴藏着浓厚的文化。大理的文化比洱海还奥。当你访问崇圣寺的高僧殿和南诏风情岛后，就会得到印证。历史上的大理，历史上的白族，有太多的战争。而他们战争的胜者对待败者的风度上，让人感受到了人性的光芒。崇圣寺的高僧殿里，记录着九位逊位国王在寺院做了和尚之后的故事。

钟情白色的白族，在大理缀着白云的蓝天下，演绎了一串串精彩的故事。许多故事闪耀着迷人的光芒，许多故事透着白色的高贵。这与他们热爱白色，追寻白色之美，有多大关系？一个民族把白色崇敬为灵魂的颜色，看来白族人对白色的理解，是极为深刻的。

喜爱白色的白族人，是云南白云下面的另外一种云。

云南还有一种让世人推崇的白，那就是白药。白药治跌打损伤、瘀血肿痛、外伤出血、吐血、咳血，还有许多妙用，治疗急肠炎、消化溃疡、婴儿腹泻、妇科等疾病，用它除疾奇妙无比。这个圣品是神灵赐给云南一个叫曲焕章的山民，这个山民用它疗伤、治病，他没有自私地占为己有，而是把它当作甘露抛洒，救治了无数民众，还把它献给了国家，进了天下所有的医院，也进了寻常百姓的家，成了造福天下人的“神药”。

云南白药是天上洁白云朵的精灵，那么纯粹和神奇。那摔伤奄奄一息的人喝它奇迹般地活了，那断了骨骼伤了筋的人敷它奇迹般地长好四肢，那穿在肉里的子弹创口用它好了内伤并让子弹头自己滑出来，那云贵高原上当年红军四渡赤水和南渡乌江用它治好了多少将士的伤病，那艰难的抗日战争中它成为滇军战士的军需品而使官兵少流了多少鲜血，那震惊中外的台儿庄战役中将士负伤外敷内服白药后继续拼杀谱写了英雄的诗史……中国革命血与火的拼搏里，它使多少流血将士起死回生重握钢枪，中国今天繁荣富强的步履里，它让多少人死而复生并有了健全的体魄。云南白药在造福人类上，起到了多么大的作用，那是无法估量的。

云南白药是云南人献给人类的巨大贡献，是中华民族中药的一朵瑰丽奇葩，也是中华民族的莫大骄傲。

云南的白，还有如云纯美的大理石。白、黄、绿、灰、红、咖啡、黑，天上的云有多少种颜色，云南大理石就有多少种颜色。用它作建筑物的墙面、地面、台、柱，还可以作碑、塔、雕像、艺术品等，那真是美不胜收。在华夏诸多华丽的殿堂上，那柱子，那台阶，那墙面，那艺术造型，无不闪现云南大理石的尊贵。

大理石是云南的特产，也是云南的文化。手巧的白族艺人，做它的巧色和彩花走向，把云南俏的山川、碧的江河、美的云朵、艳的花儿、灵的鸟兽、丽的人们等现实的、梦幻的“绘”到石上，成了帝王将相宫殿的景色，也成了寻常百姓家里的摆设，更成了人们欣赏奇妙的大自然的标本。一块奇妙的大理石上，总能看到蓝天上云的千奇百怪和日月星空的浩瀚深奥，总能看到地上美不胜收的山川河流和万紫千红的活灵活现。

云南大理石里，白与黑之间，白与黄之间，白与绿之间，白与灰之间，白与红之间，还有白与更多颜色之间，绘尽了天上仙境，绘尽了世间山河，绘尽了人与万物，绘尽了风流与美丽。一块块奇妙的大理石，就是一幅幅栩栩如生的画卷，太深奥，读不尽，赏不够。

在云南行走，“白”的事物、“白”的味道、“白”的美丽、“白”的内涵，不时撞击我的心，多么想更深地理解这个神奇地方“白”的精髓，可发现这些“白”太深奥，很难理解得很深刻。

云南的烟民

质朴的云南人，有很多嗜好，喜欢抽烟，就是一大嗜好。这嗜好比较普遍，走云南一路，似乎大多云南人都在抽烟。云南烟的品种多，抽烟的人多，女人抽烟的多，抽烟的方式多，是随处可见的一景。

那个晚宴很热闹，左边是个抽“黑卷子”的人。“黑卷子”就是云烟的一种，咖啡色纸皮，颜色像雪茄，烟味也似雪茄的烟。这种烟味浓烈，有筋带骨，抽起来刺激而过瘾，一般是有烟龄的“老烟鬼”喜欢它。这种烟雾浓而白，浓白得似乎有比其他烟雾分量重，从吸者口里吐出来，如若没有吹来的风，它会像一团团云和雾，有种身子沉的感觉，喜欢向人与物体弥漫和落脚。这会儿，我左边的哥们就在一根接一根地抽这“黑卷子”，那浓厚的烟雾，一股又一股地往我身上漫来，我被穿了一件烟的外衣，我也不得不吸了它又呼出来。他抽几根，我也跟着抽了几场。还有我右边的哥们，烟瘾更大，夹几口菜喝几杯酒，实际上压根没吃饭的肚子，却抱上了一个水烟筒，让浓烟进了肚子。这水烟筒，小娃娃那么高，小腿般粗，像一架钢炮，很显眼。他抽金黄的烟叶，好像是新烟叶。这种烟，被称为“生烟”。“生烟”劲大，烟雾浓烈得不仅仅刺鼻，那是呛人，它更是“老烟鬼”喜欢抽的烟。烟从烟筒水里“咕噜”抽出来，整个嘴巴再把烟吸进肺，然后吐出来，再吸再吐。烟死皮赖脸地从他脸上漫到他头上，再朝我死皮赖脸地漫过来。他抽够了，他右边的哥们又抱过去，接着抽。又是一股又一股浓烟，同样死皮赖脸地漫了开来。说这烟死皮赖脸，是这烟比“黑卷子”烟更沉重，更无精打采，弥漫过来总想粘在人脸上身上落脚。我也随着他“咕噜”又“咕噜”吸出的浓烟，吸进呼出，这还不够，还得吸左边几个哥们“黑卷子”给我的免费烟。

身边是翻滚的烟雾，屋是烟的海洋，两种烟混在一起，呛人是猛烈的。尽管气管承受不了它刺激还可忍，而这两种烟死皮赖脸地往眼睛钻，让人难以承受。眼睛一个劲流泪。这是朋友的宴请，尽管难受还不能让烟者朋友看出来，只好用餐巾纸不停地装作擦嘴去狠狠地擦眼泪。当然，这餐桌上十来个人，抽烟哥们左边的左边，右边的右边，你不抽他抽。烟雾翻腾，不到一会儿功夫，我已看不清对方朋友脸上表情了。

人还没进会议室，烟早已摆到桌子上了，那是精装“云烟”。每走到一地，每进一个会议室，几乎都是云烟供奉。云南出烟，属云南品质超群，用最好的烟招待远方客人，这是云南人的习惯。这不仅是云南人的习惯，也是很多地方人的习惯。坐我左右的人都给我递过来烟，我友好谢绝，他们都点上了。会议室里十多个人，北京来的客人都不抽，抽烟的就成了云南的朋友了。他们你递他，他递他，是礼节，也是习惯。这种礼节与习惯，很容易让不想抽的抽起烟来。这样一来，想抽的早已点燃，不想抽的因热情难却也随之点燃，那么会还没有开始，会议室已成烟场。在这样的情形下，会议室即便有窗户，那室内也是烟雾飘绕的。我的眼睛怕烟，而烟却尽往眼睛里钻，眼睛被折磨得不想睁开。坐在台下可以闭上眼睛，而每天的会议都在主席台位置，会又很重要，各地很重视，下面都看着台上人，眼睛只能眨，不能闭，闭眼等于睡觉，让人感觉不好。可这左右的烟，使眼睛很受罪。就希望会友们嘴上留情不去抽烟，或尽快散会。可云南人实在，一人精心准备一沓汇报材料，谁都得“念”才是。于是，他们仍是一根接一根地抽，一直要抽到会结束。这烟的会，一分一秒好像度时如年的漫长。

面包车七人，四人是云南的陪同朋友，三人都抽烟，加上司机就有四人抽烟了。他们互相点燃香烟的那时起，我的眉头就皱起了，头也痛了，眼睛好像也难受了。尽管把车窗打开，山野的风当即就会把车里烟“刷”出去，而烟这东西，在哪也是死皮赖脸地，尽往人脸上贴，也直往人眼睛钻。烟进喉咙是呛，烟进眼睛是辣。辣得眼泪在眼里转圈，而泉涌的眼泪却像辣椒水，刺得眼睛疼痛不堪。好在在车上，可闭眼，眼睛不再受欺负。而上了云南出昆明的车，每到一地，那就是长途，少则半天，长则大半天。这样的长时间里，人寂寞，抽烟人更是忍耐不住寂寞加烟瘾的诱惑，往往抽完一根，不一会儿功夫，又有谁会散发烟来，于是就接着抽。抽烟人大凡有个情绪习惯，寂寞了会不停抽，苦恼了会不停抽，聊热闹了会不停抽，别人递过来会抽，遇到高档烟也会抽，饭前饭后会抽，瘾上来随时会抽。那么在无聊难耐的车上，在一群烟鬼坐在一起的车上，很容易发生不停抽烟的事。于是不抽烟的我和同行，就成了被烟亲吻的对象。车子翻了一山又一山，车里的烟民们抽了一根又一根。车子不到地，他们不会不抽烟，车子到了地，他们还会接着抽。

车子停在了一个厕所门口，有四个人“蹲坑”，厕所恶臭，喘不过气来，但内急必须解决，还得缓缓放出。这种地方，好像只有抽烟人能够解决恶心的问题，能够改变空气的肮脏。四个云南朋友每人又点了支烟。他们点上烟后，感觉闻不到臭的恶毒了，安下神来解决内急问题。烟又从臭气熏天的坑上飘过来，使我突然头晕，因为在我感觉里，烟把恶臭又加温了，变异成了十分恶毒的臭，催人恶心和呕吐。我还得强忍烟臭的折磨，使足劲把我的尿撒了。而撒尿又是急不得的，这一路憋了一肚子尿，还得缓缓而来。

这间隙又有股烟从隔墙的厕所飘过来。那是女厕所。细微的风单单从女厕所方向吹到男厕方向。这男女厕所的墙隔上面开着口，从女厕所里飘过来烟，那自然是如厕的女人在抽烟。这女厕所飘过来的烟，当然不仅仅烟，也夹裹着恶臭，女厕所的恶臭。这男女厕所烟气十足的恶臭，尤其是感觉女厕所的臭是相当臭。哪个男人都喜欢女人，可哪个也接受不了女人的臭。我就要呕吐了。我加足“马力”，撒完出厕。这个厕所上得快喘不来气了。我生气，我也好奇，好奇女厕所里是什么样的女人在抽烟。于是，我等她出来。她们出来了，两个姑娘，两个一腔云南话的姑娘。两个很漂亮的姑娘，怎么会抽烟呢?我竟然忘了，云南的许多女人是抽烟的。我与她们搭讪，很活泼的姑娘，同我聊起天来，话没说两句，一位掏出云烟，递过来一支。女孩递烟，是友好体现，不接不合适，而我没接，因我难以接受她刚上完厕所拿烟的手，我难为情地拒绝了。她把烟给了同伴，自己又抽出一支，两人又抽上了。烟棒在她们闪光的粉红色指甲间与绛红色樱桃小口间来回舞摆，娇柔的，油油的，有种优雅与俏皮的，甚至是顽皮与挑逗的味道。一对美女，从厕所“蹲坑”抽，刚出厕所又抽，且烟瘾之大、抽烟举止调皮放肆，烟抽到这般境界真是了不起呀。据说女性抽烟是出于两个缘由，优雅和减压。两个美女是做贸易的，穿梭于云南各地与国内外，优雅的吞云吐雾姿态是迷人的，烟的刺激会缓解压力。

云南女人抽烟的多，尤其是云南农村妇女抽烟的多，是受云南男人普遍抽烟的影响，还是云南是烟草的故乡，抽烟方便的缘故，应当都有关系。云南妇女在烟民遍地的环境里，不要说主动抽，身边大多是抽烟的，没瘾也会上瘾的。

走遍云南山川田野，翡翠般嫩绿的烟叶树，随处可见。数百万农民在为烟民劳作。它是农民的摇钱树，也是政府的生钱树。云南政府钱袋子里一半多，来自于烟草。因而，云南创造了许多驰名品牌的香烟，红塔山、阿诗玛、五朵金花、红梅、玉溪、红河、云烟、石林，哪个品牌没让数以万计的烟民迷恋过，甚至至今还在迷恋。云南也创造了香烟文化，香烟包装的诗情画意，香草丝的绝妙工艺，香烟味道的变幻无穷，使云南每个品牌的香烟，都可以用来表达一种情愫，或者是一种联想、向往、快慰、愉悦、潇洒，等等。这种文化，让更多的人对烟产生了好感、遐想。因而许多烟民，不看烟丝，单看品牌。品牌给烟民带来了心理的满足，还有身价、面子。这么多响亮品牌的烟，或者一个新品牌出来，云南人有得天独厚的享用便利条件，且一个新品牌也得由云南人首先边抽边吆喝，才能够走出云南，所以云南的烟民也给云南香烟走出云南做着贡献，从而也引导和栽培了更多的烟民。

云南烟民里，把抽烟与吃饭当作同等重要的，甚至把抽烟放在比吃饭重要的，有三类人。一类是农民。农民有的是便利条件抽烟。烟叶就在地里和家里，家里有烟抽，下地有烟抽，随时随地可以抽，且不妨碍别人。二类是机关公职人员，尤其是写材料多、动脑筋多和心烦难耐、闲得无聊的人，会一根接一根抽。三类是医生，男医生有一半人抽烟。有的烟瘾极大的医生，边给病人号脉和瞧病，边抽烟过瘾。还有的医生在几小时手术台上，瘾犯了，又不能扔下术中的病人去抽烟，只好狠闻几次不点燃的烟卷，接着手术。手术一完了，不管是进厕所还是进办公室，取下手套口罩立马吞云吐雾般地过烟瘾。四类是学生，尤其是中学生偏爱抽烟。学生好奇，老爸抽，同学抽，用烟交朋友，你来一根，他给一根，先抽着玩，不久就找烟抽了。许多男生的书包里，有的是好烟。

这些烟民中许多人，迷恋烟的程度远远超过迷恋饭的程度。当然抽得最酷的，还要算抱着烟筒抽的人。用烟筒抽烟，可谓是好马配好鞍。云南有上等的烟丝，配上上等的水烟筒，真是让享受抽烟达到好马配好鞍的程度。在云南，水烟筒是壮观的一景。这个竹子做的筒子，虽然有贵贱优劣之分，而看起简单，实际做起来并不简单。用一般竹子做成的，是普通的水烟筒，用上等老竹做的才是精致货。云南的烟民，以拥有一个上等水烟筒为自豪。而上等的水烟筒取材，只能选百年老竹，而且要选大小适中的竹子，还只能选根部，粗则笨拙，细则小气。这样的选材，才能雕琢成上等的水烟筒，这样的水烟筒风吹日晒不会爆裂。云南的许多家庭，都有制作水烟筒的技术。他们为了制作一个结实精美、令人羡慕的水烟筒，会历尽千辛万苦，跋山涉水，深入苍茫的深山老林，砍伐百年老竹为材。有的人，还为此付出了生命。尽管这样，世代的云南人，仍然把制作上好的水烟筒，作为一种乐事，也作为一种艺术，形成了一种独特的工艺。前辈把这门手艺传给后人，也把那精美的水烟筒，当作心爱的物件一样传给后代。抽烟的后代也会爱不释手。而手工制作水烟筒已渐成历史，现在遍地是流水作业线，什么样质地的，什么样花纹的都有。抽烟的云南人不但在自己家里有水烟筒，还在办公室、私家车里备了水烟筒，还把云烟和水烟筒当作礼品送给客人。云南一些农民，还保留腰挂烟袋的习惯。出门走累了，路边一坐，点一锅烟，似乎浑身就有了劲，接着走；下地干活干累了，抽一锅，似乎浑身添了劲，接着干。相互间让烟、点烟的那种举动，透着浓浓的亲热劲。云南的烟民，是一群让人感觉十分亲近也追求超级享受的人。云南的烟文化，是其他地方难以比拟的。所以，云南烟民遍地，是因为享受着一流的烟丝和一流的抽烟工具。琢磨出这么酷与好玩的享受，谁愿意轻易不抽呢。云南人不抽烟，我会怀疑云南人还喜欢种烟吗。

云南有这么多人种烟，有这么多人抽烟，虽然给云南带来源源不断的财富，使云南财政有了更多的钱支配，可云南省的领导和财政的人，对此并不高兴。他们明白，烟民的普遍，烟草的巨额收益，牺牲的是烟民的身体，感到这样的财政收入，不要为好。改变是漫长的，他们拿出钱来倡导烟民戒烟，拿出政策和钱来鼓励农民改变烟草种植的生产方式。这是云南的一笔大账，也是云南财政预算的一笔大账，他们决心做下去，让烟业在不久的将来，不再成为云南最大的摇钱树，也让云南的烟民越来越少。

弥渡故事的思绪蔓延

我说一个弥渡的故事。弥渡是云南大理州的一个县。弥渡是有很多迷人的故事的，可我讲的不是一个迷人的故事，讲的也不单纯是弥渡的故事，它是云南的故事，是财政部门的故事，乃至与每个纳税人的钱息息相关的故事，是个有点生硬且缺乏情趣的故事。但这也没办法，在这个系统和部门，你大多听到的会是生硬而缺乏情趣的故事，甚至是干巴巴的概念或数字，这是财政部门的特点。不是这些人无趣，也不是他们古怪，而是在他们的思维里、眼睛里、直至在交谈里，几乎都是数字。数字当然都是有情感的，数字里面当然有丰富的故事，而他们把丰富的故事化在了数字和政策规定里，也让丰富的故事成了看似冷冰冰的数字而简单化了。所以，我想挖掘这个故事的内涵与外延，挖掘这个故事后面充满深刻内涵的数字与人、人与政策、现象和人的情怀。

我在弥渡的那个下午，悉心听弥渡财政人讲述一个数字与规定有关的故事，这个故事在昆明的云南财政厅预算处和北京的财政部预算司听到过。这个故事的确生硬而缺乏情趣，讲给任何人听只能是个概念而已，而它生硬的故事里透着深厚的责任与认真。对事极度负责与认真，是这个系统人的特点，它让我思绪蔓延开来。

这个故事是，中央和云南财政给弥渡县的1 000万元资金，忽然化成了泡影，省财政取消了。1 000万元的失去，对于年财政收入仅几千万元的弥渡县来说，痛到心里是什么样感觉，可想而知。

这巨资是怎么失去的呢？事情得从财政的前后政策和县里对待上级拨款的一种普遍习惯说起。很多年以来，像弥渡这样靠国家中央与省财政吃饭的县市，是中央与省给他们预算多少就多少。钱到县里也如此，是全县各部门预算多少给多少，得到国家的钱，好比管道开闸放水一般地那么简单。

这种获得钱的方式，使得上面转移支付的钱来得容易。而往往来得容易的东西，会让人不太珍惜。这些钱从县财政的盘子里分到县里大大小小几十个吃“皇粮”的部门，钱究竟花到了什么地方，花出了什么效果，只有天知道。常常是指定补助给农业生产的钱，盖了楼，买了车，吃了饭，谋了福利。至于挪用干了别的事，被浪费掉，被贪污掉，那是不可避免的。得来拨款容易，便形成了伸手要钱，不花白不花的习性。这每一分都是纳税人的血汗钱，令管钱的财政局长、厅长、部长心疼和着急。有人纳闷，钱是国家的，又不是你财政的，你财政不就是政府的一个部门吗，不就是个管钱的吗，说白了就是会计出纳，钱花哪了你操什么闲心！这正是让财政人尴尬的地方，这也是政府有再多的钱也不够分的困惑。弥渡是贫困县，钱少事多，要钱都有理由，这样的矛盾和交锋十分突出。

不是中央加大了对县的转移支付吗，不是财政收入每年都增长吗，应当多给点钱。钱是多起来了，但花钱的欲望和事情也在无限膨胀，有钱的财政反而越来越尴尬了。都来要钱，钱就那么多，给谁不给谁，该花不该花，给多给少，得由轻重缓急和由事情本身该办不该办说了算。而要钱的领导和部门，都会讲出 12 条的花钱理由，这些地方都需要花钱，这些事都需要办，理由都是对的。事情和理由是无限的，但钱是有限的，钱给谁合理，这常常是财长头疼无比的事。而有些钱的确是不能急于给的，也是不能给的。那么财政厅局长如若给钱慢了点，或者不给钱，那无疑给自己前途添了障碍。这也是大多财政厅局长很难得到晋升的缘由之一。财政处于这样的角色，随意花钱造成浪费，花钱打水漂等五花八门的问题在地方政府比比皆是。这也是弥渡等县面对的问题，也是导致上级一千万元拨款失去的前因。

其实财政背上了政府各部门预算失当的责任，所有的财政人都处在大小的火盆上，或者处在“火山”口上。面对各方纷至沓来、门庭若市的要钱人，就若坐在火盆上，甚至坐在“火山”口上，别人的发火和埋怨、指责那是盆火，会烤得浑身发热；得罪人或得罪更多的领导和群体，那是坐在了“火山”口上，弄不好便被烧“焦”了。尽管这样，而大多财政人有一个秉性，就是认真，认死理，处境再难也不能让国家的钱“打水漂”了。为此财政人也理直气壮：国家的钱交给财政管，不单纯是收和支，主要是要把每分钱如何花在刀刃上；省下来的钱是国家的，跟财政人的利益没关系。所以在节省钱这个艰难困苦的问题上，财政人就是得罪多少人并省下来多少钱，跟财政自身利益没关系。财政的钱是人民的钱，财政很难有自身利益；财政钱越少，越要管好每分钱，只有管好每分钱才能保证重点，保出公平正义。这样的状况，怎么办好？中央和地方财政都明白了管好钱才是财政唯一出路，也是财长们的前途和出路，别无选择。

对钱的用途、效果，作绩效评价，云南财政预算处看准了这是个好办法。很快制了一个规定，先评价，后给钱，也就是对资金分配、审批、下达、拨付、使用、管理、成效的全过程进行资金安全、专款专用、用出成效的评价，不达标准不给钱。

这样做，也有人不舒服，说财政对下面太不放心了，拨款就拨款，设这么多框框为难人；资金用得好不好，用没用到正当地方，有没有贪污浪费，有审计和纪检部门呢，财政何必管这么宽！

云南财政部门说，审计是事后的，纪检是出了事后的，财政不仅要管花钱前面的事，还要管花钱事中事后效果的事。这是财政的职能所在，这让有些人无话可言了。因而，弥渡等若干个县的1 000万元拟拨资金下达前，组织专家进行论证评价绩效，而县几个局的评价不达标，这巨额资金不但没给拨，还通报批评了弥渡等几个县。眼看到手的肉包子丢了，弥渡的书记县长既感心痛，又感到耻辱，组织人员调查原因。原因很简单，县几个局做事马虎，拉了全县达标的后腿。于是当即撸掉了几个局主管领导的“乌纱帽”。而撸掉多少人的“乌纱帽”，也找不回来这失去的1 000万元钱。这一年在云南失去了1 000万元上级财政拟拨资金的县，还有耿马、绥江等县，他们都是绩效评价不达标，被取消拟拨资金的。他们与弥渡一样，是贫困县，多数的开支靠国家转移支付，这1 000万元资金的痛失，比挖了书记县长的心头肉还难受。而这钱的痛失，却也是因为马虎造成的。而这大笔钱的痛失，使得这些县的机关上下一时出现了犹如翻江倒海般的震动。县里很多方面等钱用，痛失这么大笔资金，对县里是一笔大的损失，更深刻反映的是让书记县长脸上失了色。这样的失色，在某些书记县长眼里，丢失钱就是丢失政绩的分，实际也是这样。这样的丢失与失色，比失去1 000万元资金还要难受，所以这评价的不达标和取消一个千万元钱的拟拨，真正打痛了县委书记县长的心窝子。

做事心不在焉，结果一块“肥肉”没吃到，反而让全县丢了脸面。这弥渡等县领导找财政厅“诉苦”，好话说了一堆，请这次“高抬贵手”，把这笔钱给了，表示今后一定接受教训、下不为例。而他们没想到财政厅是相当严肃的，说情与诉苦都没用，要他们来年参加财政资金拨付绩效评价，达标拨付，不达标仍然取消。他们看财政厅真是来硬的了，只好死心塌地地抓达标的事了。财政资金绩效评价达标的标杆，不是空的，是实打实的事情，是实打实的数字体现的，虚夸不得半点。所以，全县的各个部门都得动起来。

对照专家组提出的意见建议，弥渡等县深挖事情的根源。根源是什么？当然是吃上级转移支付资金吃习惯了，对资金绩效评价没当回事，还有更重要的花钱没建立规矩。弥渡等县逐条落实财政厅的绩效评价标杆，建立把资金使用的方案向人大报告制度，接受人大的监督；建立审计绩效监督机制，将审计结果逐级上报，形成反馈机制；对资金分配、审批、下达、拨付、使用、管理、成效的全过程进行跟踪监督，做实了确保资金安全、专款专用、用出成效的规矩。有了这些机制，资金绩效的机制自然有了，评价也自然过关了，钱也就能够得到了。那一年，弥渡等几个痛失1 000万元资金的县，后来就是这样才得到了上级的资金。而所有云南的市县也是迈过了如此门槛，才得到上级转移支付资金的。

花钱讲绩效的结果，当然是把纳税人的钱，花得越发规矩了，花得更为明白了，花得越发有效果了。这是纳税人的期望，也是财政人的梦想。钱管得细致且花得规范，花得规范就是花得合理，花得合理就是纳税人的意愿。而只有花得规范，才能再讲花得有效，没有规范，就没有成效。这也是弥渡等基层财政局长渴望达到的管理效果。在发展的矛盾从来也没有这样突出和集中的今天，更多的事是需要钱来解决的。财政部门和财政人也从来没有像今天这样肩负解决钱的问题的巨大压力。今天是考验财政人的时代，也是需要财政人具有高超智慧理财的时代。做个财长是需要忍委屈，担重负啊。

而云南财政人明白，中央财政的人明白，市县财政人明白，花钱尽管有了绩效评价这样的把关，花钱是规范了，也花得有效了，而使每分钱真正花出效益，一分钱花出两分钱的效益，财政在资金的整个使用过程中的监管，要做的事太多了。诸如弥渡等这样的评价拨款，仅仅是个开始。这就是财政的职能，这就是如今的财政人在想什么，在事业的高度上追求什么的事例一斑。这是弥渡花纳税人钱的启示。

第四辑

清晨的彩虹

从猴桥望去

站在云南腾冲的高山上张望猴桥美景，最靓丽的风景，是那物与光流动的中国国门。晨阳照在猴桥国门上，从缅甸和腾冲开过的货运车，像一道道流动的反光板，折射出强烈的光芒，使本来很雄壮的国门，更加耀眼夺目。耀眼夺目的还有两条大道，是腾密公路和史迪威公路，一条是云南腾冲通往缅甸密支那的公路，一条是昆明经缅甸直通印度的公路。这两条路有着十分厚重的历史，它辉煌的过去让人激动和联想。

从猴桥望去，国门内那连绵的山后是腾冲，国门外那山外山的远方是密支那。山间腾冲通往密支那的“腾密公路”与抗日战争时期在茶马古道上建起的“史迪威公路”（中印公路），由国门大大的蝴蝶结张开，像一条宽大洁白的飘带，把腾冲与缅甸密支那方向，紧紧连在一起。如梭的商贸车辆，呈现着中缅往来的频繁和经贸的活跃。

猴桥，由于曾有座古代窄小而只有猴子才能走过的桥，加之森林中的猴子在这里穿梭不停，得名“猴桥”。猴桥是个不简单的地方，这里是南方古丝绸之路的咽喉要道，是通往缅甸和印度的通道，那历史上边境一线的“八关九隘七十七碉”，是唐南诏大理国和近代建造的“一夫当关，万夫莫开”的重要边关。在这要道上建起的腾密公路，快捷得仅用几小时，就可从腾冲到密支那。2006 年中央财政和云南财政投入巨额资金，重修腾密公路。筑路工人们忍受了疾病、蚂蟥、毒蛇、瘴气的侵害，数万筑路人的鲜血和生命，留在了这段路上。

从猴桥望去，还有一条修建一新的史迪威公路，比老路宽阔了好几倍，精致的路面闪耀着银色光芒。这条路，是凝结中美两国人民鲜血和友谊的路，也是为取得抗日战争胜利修建的一条重要的路。当年日本侵略者占领了中国东三省，要把云南当作吞噬中国的入口。他们占领了缅甸的密支那，要从云南打开腾冲等缺口，欲南北相夹，迅速占领中国。中美紧密携手抗日，中国派数十万远征军入缅入印作战，而大批军需物资不能仅靠美军“飞虎队”飞机空运，得修建一条中印公路。这是一条长 1 500 多公里的路，中间要翻越 13 座近万尺以上的高峰，要经过人烟绝迹的原始森林。中国筑路工人居住在山洼简陋搭制的棚子中，修路所需的全部物品，大到车辆小到油盐、螺丝钉都要从中国运来。在不少路段，筑路工人要从海拔 2 000 米的高山下到 200 米低地，忍受酷热、蟒蛇、蚂蟥袭击之苦。没有机械，中国军人全凭人力、斧头、铁锨和十字镐，进展缓慢。美国派来了机械化部队，这是筑路困境中和战时十万火急时的雪中送炭。美国盟友的设备很先进，开山机、平路机、打石机、排水机等筑路机械，使筑路工程迅速推进。

筑这条路的艰险罕见。中外十多万筑路工人，在高山峻岭、大江急流上开山劈石，山路跨越 10 条大河和 155 条小河，建造了 700 座桥，还在缅甸伊洛瓦底江上修起了世界上最长的

360 米的浮桥，这是何等的壮举！公路的艰难险阻，还体现在南北线的修筑上。这是那个时代筑路史上的奇迹，也是中国工人在外国筑路人员投入最大的一次决战。

路从印度雷多出发至缅甸密支那后要分成南北两线修筑。南线经缅甸八莫、南坎至中国畹町；北线经过缅甸甘拜地、通过中国猴桥口岸、经腾冲至龙陵，两线最终都与滇缅公路相接。四年间的日夜开山劈路，打通了中国战争物资供给的大通道，也成了抗日救亡战争的大动脉。为庆祝这段重要路的建成，为纪念盟军中国战区参谋长史迪威将军，蒋介石和美驻华大使赫尔利在重庆发表广播演说，将中印公路命名为史迪威公路。两条公路，成了滇缅抗战的生命线。源源不断的远征军士兵，源源不断的军需物资，从腾密公路和史迪威公路运到前线，大批日军被歼灭，战争局面被扭转。大反攻决战中，成千上万勇士在史迪威公路上冲上去，倒下来，再冲上去，直到把敌人消灭。腾密公路和史迪威公路，在打击日寇法西斯侵略者的战争中，给远征军士兵插上了飞向战场的翅膀。两条路上洒满了英雄的鲜血。

从猴桥望去，这亮丽流光的路上，早已看不到弹痕和硝烟，可它坚硬的路基下，埋藏着厚重的历史，它铭刻在了历史画卷上。史迪威公路重修后，从昆明入史迪威公路经腾冲到达印度港口城市加尔各答，比经过云南省另一个城市德宏要近 1 675公里，比绕过马六甲海峡要近 6 000 多公里，直接造福于中印两国人民。从战争走向和平，从贫困走向繁荣，史迪威公路，这条用无数鲜血和生命铺就、具有传奇色彩的公路，如今正重新焕发出新的光彩。

腾冲人、中国人，世界上爱好和平的很多人，忘不了这条路，忘不了密支那战役和腾冲战役。因为中国远征军和美军的携手并肩作战，使疯狂一时的日军溃败在密支那。中国军队和腾冲民众的抗日救亡，最终消灭了占领腾冲的日寇侵略者，把日本强盗堵在了国门口。史迪威公路和腾密公路和很老的猴桥中国国门，见证了那场令中国人扬眉吐气的胜利。

从猴桥望去，那是腾冲。腾冲这个镶嵌在中缅边境上的绿宝石，曾经被日本强盗占领，被同时占领的还有松山、高贡黎山等，鲜血染红了腾冲和这些美丽的山岗。“血战腾冲城”英雄壮歌，至今感人肺腑。腾冲人民和中国军人携手抗击日本侵略者，把日寇击毙在城里，饿死在城中，困死在山间，最终使日寇残败在腾冲。腾冲战役，成了抗日战争中中国军民取得的一次重要胜利，给全国抗日救国，吹来鼓舞人心的豪气，也载入了光荣的历史史册，一直让人感动不已。

从猴桥望去，猴桥国门几十年前军车如梭和硝烟弥漫的情形早已无踪影，而如梭的大多是载货如山的商贸车，那是中国的商品运到缅甸，缅甸的货物运到中国，更是两国人民在亲密交流。

腾密公路和史迪威公路，这两条大动脉，在中缅间续写着祥和安宁时代的新故事。

依然悠扬的壮歌

在苍茫而漫长的山间行走，谁会料到前面有什么奇妙的事在等待。就在疲劳与寂寞难耐的时候，车子忽然停到了一个景地，那是滇缅铁路遗址。滇缅铁路在这里中断，如今成了路人参观的一景。这景只有立在河边的几个孤独桥墩，缓缓流淌的河水并没有什么新奇的样子，只是桥墩新得像昨天浇筑的，模板的痕迹上露着粗大的钢筋，粗大的钢钉在桥墩上张望，是在等待拥抱钢轨。前方已没有桥墩，钢轨更没有踪影，桥墩张着失望的眼，在诉说着它的悲壮故事。从云南省临沧市驱车去耿马边境的南汀河旁，没想到会遇到让我感动许久的一段历史故事。

滇缅铁路终结在临沧，是临沧人铁路梦的中断，也是临沧人心中的伤痛。在这断头铁路桥墩的遗址，触景生情的临沧人说，你听，这大山里还回响着几十万修筑铁路民工劈山搬石的号子声呢。号子声已远去，倒是30万民工奋战哀牢山、无量山、横断山、澜沧江、罗闸河、南汀河的气息还如云彩一样地飘荡，倒是长眠于这滇缅铁路路基下的十万多民工的英雄气概还在。这是发生在1938年冬与1942年春，在云南铁路史上、中国铁路史上最壮丽的故事，是抗日战争华夏大地最为危机的特殊时期。侵略者的嚣张气焰在恶性膨胀。中国东北沦陷，日寇又占领缅甸，云南即将成为侵略者侵吞中华的入口。云南与缅甸需要一条铁路，经贸来往的急迫，需要修一条铁路，这是多年前云南省主席龙云与国民党交通部长曾养甫设想的事。时机终于来了，1938年底，国民党军队在战场上节节失利，华北、华东等地被日寇占领，美国从太平洋运到缅甸仰光援助中国的物资，要运到昆明，需翻山越岭数千公里路程，耗时耗力，修一条滇缅铁路省时省力，更是战事的急需。无奈中的蒋介石，动意修建滇缅铁路。云南人热心承接，迅速促成了这一梦想已久的破土动工。

滇缅铁路的史册里，有几位至今被人们称颂的人物，那就是曾养甫和杜镇远等一批中国知识分子的精英。曾养甫是铁骨铮铮、敢于担当的知识分子，没有他和茅以升，也就没有今天的华夏经典之桥——钱塘江大桥。他和著名工程学家茅以升设计的钱塘江大桥，是第一座由中国人自主设计施工的大型桥梁，一直被后人称颂。茅以升以他杰出的设计，圆了中国人的桥梁梦，受到世人广泛颂扬，但他却说："没有曾养甫，我就建不成钱塘江大桥。"曾养甫时任民国政府浙江建设厅长。当提出建设钱塘江大桥的设想时，遭到了当局许多的人反对。曾养甫顶着压力，决定建桥。那时的茅以升，只是一个名不见经传的学者，而曾养甫看准了这位青年知识分子的厚重，他冒险启用茅以升为钱塘江设计大桥，他为建设多方筹款，做幕后英雄。接受了重任的茅以升，压力很大，而曾养甫对他说："我相信你，大桥建不成，你第一个跳进江里，我跟着你跳进去！"

茅以升听完这话，欲想倒出来的苦衷，咽了下去，扭头去了工地，全身心做设计的事去了。在曾养甫的支持下，茅以升高水平地完成了钱塘江大桥的设计，创造了设计史上的辉煌一页。修建滇缅铁路，是中国人魂牵梦绕半个世纪的梦想。曾养甫的敢想和敢干，促成了滇缅铁路的梦想成真。

滇缅铁路要跨过千山万岭、峡谷叠嶂和两个著名的疟疾高发区——人称“瘴疠之乡”的云县和孟定，还要逢山开路、遇水搭桥，还要面对病魔的死亡。战火已烧到家门口，铁路修建越快越好，而最快也得三五年。在险境的大山和险恶的江河里修铁路，全靠人的手和肩，进度是算不出来的。而只能按想象出来的进度去完成。云南 30 万男女，扛着原始落后的工具，心怀那最快的进度和最高的目标，开进了餐风露宿的深山和森林，开始了人类史上少有的没有机械化设备施工的铁路建设。

在这浩大而艰难困苦的铁路修建的崇山峻岭，在汗水与血水飞扬中，云南民众把筑路大军当作英雄，送子女、送物产、送歌舞。工地上有不断的歌声，更有爽朗的笑声。云县、凤庆艺人联合的云章国乐社民间文艺团体组织义演募捐工地，几次跋山涉水数百公里到民工营地慰问演出。

那些诗和歌，在筑路幸存者记忆里，让他们长久激动：我们仿佛看见佧佤的血，像樱花一样鲜红……我仿佛看见滚滚江水，挥舞起如林的臂膀，为出国的路线，开凿横断山峰。

这是临沧诗人、缅宁中学校长彭桂萼《后方的岗位》的诗句，描写出了修建铁路民工的情怀。

这位诗人被筑路工人的壮志感动，他和云南许多文艺人士一样，常常到工地为辛苦的壮士送诗和歌。在临沧大山施工最为艰苦的时候，彭桂萼和学校的周正钧、丘怀亮等缅宁中学几百名师生沿南汀河谷步行百余里到羊头岩、哨山等缅宁工地，慰问滇缅铁路民工。彭桂萼创作了《走向哨山》、《战时青年歌》歌词，他请当地作曲家谱了曲，被俊俏的姑娘小伙在工地上演唱开来。

——紧握锄杆，像战士抓起钢枪，走呀，走向哨山，去打开出国路线，去凿开重山叠嶂，越过横断山脉，把民族救出生死场。前方流血，后方流汗，我们的臂膀关系着祖国的存亡。走呀，走向哨山，紧捏锄杆，像战士抓起钢枪。这是《走向哨山》的歌。那是要走向大哨山。大哨山是昆明的山。铁路开凿修建到了大哨山，滇缅铁路就修通了。这是所有民工的目标。

——我们都是现代的青年，我们都是抗战救国的中坚；我们有向上的志愿和乐观的情感，大家齐步伐走向前；为争自由而流血，为增生产而流汗；铁一般的臂膀钢似的拳，打倒汉奸、走狗、凶顽；不怕风波浪涛险，不怕肩负重如山。这是《战时青年歌》，它经热血青年的演唱，也让筑路民工心潮澎湃，豪情满怀。

大多云南人一颗火热的心，投在了滇缅铁路上。也多亏了有云南人的一片热心，不然滇西南瘟疫的流行与地势的险恶，就是有多少钱，也很难把铁路修到远方。当时的滇西南，正是疫病流行的时节。许多地方疟疾流行长达几十年不退，瘴烟弥漫处，村舍人多空，滇缅铁路的修建，是数十万工人与自然抗争，与病床抗争的结果。最典型的地方，要属云县。云县作为滇缅铁路线上的一个重镇，滇缅铁路穿境而过，是过境铁路最长的县份之一。而云县的澜沧江、高山、河谷、热坝，形成了十分独特的立体气候，大雪山原始森林遮天蔽日，拿戈河、温竹河、拿鱼河凛冽清澈，河谷温泉星落棋布，山险、江急、林莽莽。这样的地势下修建铁路，太难。更残酷的不仅仅是自然条件，而是疟疾在流行。滇缅铁路开工的那一年，正赶上云县疟疾大流行，出现了死亡村、死亡镇。据记载，云县新城坝永胜村全村 2 000 余人死了 3/4，24 个村子有三个村子全部死光，有三个村子基本死光，剩下的男人不能劳动，成年妇女不能生育，100 多个妇女一年只生了五胎。

疟疾流行四年，云县数万人被疟疾夺走了生命，只剩五万多人口。而五万多人中的 1/3，又被征用参加了修建滇缅铁路。工期是采取“一个月一轮换”，云县应有几十万人次参加了滇缅铁路修建。这些巨大的付出还不算，在修建滇缅铁路的时期，还有三大项公路工程，也在云县展开，需要云县人出工出力，全县几乎男女老少都被征到了修路上。还有人祸，那就是远征军途经云县，也给云县人频添了极其沉重而不堪承受的劳役重赋。就是在这样的情形下，云县人在遭受死亡威胁中，用尽生命最后的力气，支撑了滇缅铁路的不停推进。云县人为滇缅铁路建设，可说流了江河一样多的鲜血。

近九百公里长的滇缅铁路，仅用两年半时间，到 1942 年 4 月日军占领缅甸停工止，基础工程已全都完成。其时间速度的短快，相当惊人。美国前总统罗斯福曾经称赞说：“中国政府能在短期内完成那艰巨工程，此种果敢毅力和精神，实令人钦佩……这种精神是全世界任何民族所不及，可同巴拿马运河工程相媲美。”

1942 年，日军从缅甸攻陷滇西重镇腾冲、龙陵、畹町等地，直欲长驱滇省西部。日军打好了利用刚修建好的滇缅铁路直驱占领云南的主意。日军如若利用了滇缅铁路，那等于为侵略者提供了占领西南和中国的快速通道，后果不堪设想。

“决不能让日军利用滇缅甸铁路。”国民党在艰难的选择中，最终下令，忍痛将滇缅铁路西段已修好的路基、涵洞等基础工程炸毁，也将滇缅公路西段也炸毁。

炸铁路桥墩和路基的隆隆炮声响起，滇西部分路基在一片爆破声中化为烟尘，滇缅铁路全线当即停工。滇缅铁路人员撤回，滇缅铁路功亏一篑。

滚滚浓烟散尽后，这条横亘云南境内 860 公里、穿越滇西崇山峻岭、已具雏形的“滇缅铁路”，就在即将竣工的时候功亏一篑、毁于一旦！一个即将完成的奇迹毁灭了，世间再无滇缅铁路，半个世纪的梦想、几十万劳工的心血瞬间化为乌有。

抗战胜利后，国民党政府忙于返回内地接收日寇投降，并准备打反共内战，加之滇缅公路已恢复通车，滇缅铁路失去了作为国际通道的战略意义，已无修建的必要，整个工程因而半途而废。解放后，人民解放军铁道兵部队利用原先抗战时期已完成的路基，从石咀铺轨到了楚雄至平浪，史称“昆一线”。后来，成昆铁路通车以后又陆续拆除了昆一线，现在滇缅铁路仅遗存昆明北站至石咀的 12.4 公里线路，称为“昆石线”。在今天的昆明西山碧鸡关、楚雄禄丰、平浪和临沧云县都保留了较完整的当年滇缅铁路隧道和路基遗迹。这些路段基础的利用，让几十万曾经浴血奋战修建滇缅铁路的壮士们，有了一些安慰。

清晨的彩虹

你看到过清晨的彩虹吗？我兴奋地告诉你，我看到了清晨的彩虹。

那是在一个深秋的早晨七点多钟，在云南保山兰都酒店十六层的宾馆房间里，当我打开窗户时，惊奇地看到，在朵朵白云漂浮的碧蓝的天空上，呈现出一道七彩绚丽的彩虹，彩虹大而厚重，圆得像圆规画出而又被画家涂染的极为精致的半圆，横在一座山的前面，镶嵌在保山城的上空，整个保山的城池都被彩虹环绕而覆盖了。生怕这奇景匆匆而走，我迅速地按着照相机的快门，把这美妙的彩虹，凝固在我的相机中。

这是我近在咫尺看到的彩虹，恍若彩虹就在随手可揽的眼前。我不敢相信自己的眼睛，这究竟是傍晚的彩虹，还是清晨的彩虹，在我的所见里，只是看到过傍晚雨后的彩虹。雨后的彩虹，在北方的雨后，也不是每场的雨后都出现，只是数场雨后偶尔才能有的让人惊喜的稀有景观。雨后的彩虹，在我看来，那是金贵的闺中小姐，是轻易不亮相的，即使亮相，我也没有看到过这样又大又圆的彩虹。这究竟是清晨的彩虹，还是傍晚的彩虹，我揉揉惺忪的眼睛，眼睛很清亮，这分明是保山的清晨，这分明是清晨的彩虹啊！

我生平第一次看到清晨的彩虹，看到一个完整的半个圆的彩虹。这简直是一幅让人惊叹的奇妙景象：宽大的彩虹，在碧绿如洗的山前，画出一道饱满的半圆，拥抱着朵朵白云，尽收了山的一切嵯峨壮美，也尽收了那宁静、清新和秀丽的保山山城。晨光、彩虹、蓝天、白云、青山、秀美的山城，在晨阳的霞光里，形成了一幅美若画卷的奇景。

这清晨彩虹的美丽奇景，是由细腻、精致和秀美混合而成的。我伫立在窗口凝望它的细腻，细腻的是，那彩虹色彩，看上去是七彩，实际上是十几种颜色组成的，且赤橙黄绿青蓝紫的七彩是那种柔绵得细嫩而鲜艳得耀眼的色彩。细腻的是，那环绕彩虹的稀疏而舒卷的白云，像天空飘落的白絮，又像是挂上去的棉花团。细腻的是，那天空的蓝，除了几团白得闪亮的云之外，像清洗过似的，洁净得没有任何杂质。精致和秀美的是，那七彩虹下的山，是苍松翠柏的颜色，不险但似毛茸茸的衣领，围在山城的颈后，那么精巧而得体。精致和秀美的是，那彩虹下的别墅和楼房，大多是中西式的，又大多是洁白色的，错落有致地形成了一块块方阵，又像是一幅现代都市的图画。精致和秀美的，还有那不很喧闹的街道，那开在楼下路旁的鲜花，那不很喧闹而像洗过澡的少女的透着花儿般清香气息的街道，还有那街两旁把路搭成林荫道的梧桐，还有那梧桐树下，成群结队地穿着干净而蝴蝶般漂亮衣裳的赶学的学生……

就在一轮彩虹呈现在眼前的激动中，从楼下不知从哪个房间，飘来清亮的二胡曲调，虽然曲调时而拉得歪歪扭扭，却也给赏彩虹美景添了一份浪漫。二胡的曲调总体悠扬而婉转，拉的是什么曲子？是保山流行百年的民间音乐《赶马调》。保山的汉族、彝族、白族、阿昌族、布朗族等民族的人都喜欢的曲。我听过保山的《赶马调》，那是以悠扬动听的芦笙、葫芦丝、太平箫、小三弦以及彝族香堂人以“酒醉筒”、“牛头琴”、“拔地鼓”为主奏乐器的土巴拉器乐演奏的，高亢明亮、变幻无穷，令人陶醉。

这《赶马调》，我在一年前保山腾冲县的滇缅抗战烈士陵园听到过，那是一位瞻仰烈士陵园的古稀老人，在一群墓碑前，双膝脆地，老泪纵横地磕完几个头后，大声唱起了一支歌曲，唱得极其悲壮而哀伤。保山的朋友说，他唱的歌叫《赶马调》，是保山古老的民间歌曲，可以唱得很随意，也可以唱得很忧伤。老人这哀伤的《赶马调》，是唱给墓地长眠的谁的？这个抗战的勇士是老人的亲人，还是老人的战友，他为什么要唱这首歌来祭奠故者？想必，这位长眠地下的战士，是非常喜爱唱这首歌的吧。

古稀老人泣不成声的伤感曲调，让我的泪水潸然而下，这里是数万松缅抗战英烈安息的地方。我在宏大的石碑上找到了让古稀老人伤痛的人、那段战火纷飞的历史。那是在 20 世纪 40 年代前期，就在保山等地，爆发了一场以保卫滇缅国际通道、维护国家领土主权的抗日爱国战争，也就是闻名于世的滇西抗战。

在这场事关中华民族存亡和世界反法西斯战争胜败大局的战略决战中，中国远征军、美国盟军、爱国华侨和滇西各族人民英勇奋战，以伤亡 20 多万军民的代价，谱写了一曲英雄大史诗。而尽管有许多影视剧，描写这场决战的悲壮，但也没有一部作品深刻地再现那场战争和那些勇士们面对的残酷和英勇顽强。

这位古稀老人祭奠的故者，一定是这20多万军民中的一位，那他有可能是保山人，也有可能是与这古稀老人有着特殊情感的人，他一定听过或唱过《赶马调》这曲子的。可惜眼前的墓园里，仅仅是一条条小得再不能小的只能写下英烈名字的小墓碑，没有生平介绍，更没有他们的遗骨，有更多的英烈甚至连名字也没留在这里。墓碑上的名字，是那么活生生地令人亲近，但无从知道他们的容貌和壮烈事迹。只有那位古稀老人，能说出墓园里一位或几位烈士的故事，这墓园里任何一位故者的故事一定不同寻常。我欲寻找古稀老人，可他被家人搀扶着走远了。

金黄色的晨阳里飘着细如丝的秋雨，彩虹在阳光里分外鲜艳。我在享受这圆而大的清晨彩虹的美妙中，回想那次在腾冲“松山抗战烈士陵园”古稀老人痛苦不堪的音容，感到这保山清晨的彩虹，蕴藏着更多的诗意。它让我在浪漫中，感受到了一份神圣般的庄严。

对一个古镇的感动

腾冲和顺镇，在绝美山水比比皆是的云南，是一个边疆小镇，算不上最为秀美的地方，但如今在云南的古镇，乃至全国的古镇中，却展现出十足的魅力，去年被评为全国十大名镇之一。一个不起眼的小镇，为何一跃成为名镇，它的迷人之处是什么？我好奇地走进这个小镇，探寻它的魅力所在。

和顺古镇，虽地处中缅边界，却一派徽式经典建筑风格，据说曾在六百多年前，它是草蛮之地。而和顺的不同凡响和它的魅力所在，在于山水秀美，更在于它有着浓厚的文化。其文化建筑、文化氛围，让人惊叹。和顺虽远离内地，但它却有中国最早的乡村图书馆，有中国较早的中学名校，有早在远古时的西丝绸之路，有名扬天下的腾越商帮，有大马帮驮来的全国唯一的翡翠之乡。出了中国大哲学家艾思奇，出了缅甸四朝国师尹蓉，出了华侨领袖寸如东、教育家寸树声等一大批名人，出了至今有数万人移居海外著名的“和顺移民村”，创造了“四和三顺”的建筑史诗，即：和谐、随和、和睦“三和”和顺势而建、顺巷而建、顺其自然“三顺”的独有的建筑特色文化，这里有滇缅血战中的一批批活着的英雄和安息的英魂——滇缅战役的老战士，有滇缅抗战民族英雄精神之花——滇缅抗战博物馆……

这些外在和内在的东西，构成了和顺古镇的历史、文化、风貌和品质。这些品质，使这个古镇散发出十足的光芒；这些品质，让人眼睛一亮，让人产生联想和某些感动。

怀着一种敬意，轻轻地走过和顺的古街小巷，走进这一个又一个沉积厚重历史和文化的庭院，身临其境想象影视剧描述的和顺昔日那滇缅战火硝烟惊心动魄的情景，聆听和顺人讲它的历史人物等传奇故事，追寻古镇走出去的那些英杰的脚印，让我感觉，越是往这个古镇的深处走去，越是让人思考，越是让人感动。这种情感，让我想急于找到这个仅有六万人的古镇，是什么精神养育出了那么多杰出人物，创造出了如此灿烂的中原文化?

我观看了古镇火山和温泉的奇妙，多处留有徐霞客大师的游记。这奇水妙景，经大师笔下精致的描述，已不再单纯是景观，早已成了文化。

迈进和顺图书馆，它的气派，它的悠久历史，它的藏书规模，迷得我脚走不动了。飞檐翘角的中式大门，紧跟的是三孔圆门的西式风格的二门，加上中式主体、西式布局和窗户的主楼，中西建筑文化在这里得到了完美融合。图书馆二门格外别致，铁门是英国伦敦定制的，用轮船运到缅甸仰光，通过马帮驮到和顺，如今的铁门和门锁还在用着。据考，它是仿造曾经苏州东吴大学校门铸造的，而当年东吴大学的校门只能在照片上看到，这道二门历经 70 多年风吹雨打却仍然完好无损。这是和顺镇最精美的建筑之一。

一个乡村图书馆，集聚了中外建筑很多精美之处。图书室中式风格、西式布局，馆门却是仿造名校的，铁门是外国定做的，它如果是富商和达官的宅第，如果是一座教堂和政府的行宫什么的，建造之气派，让人毫不奇怪，但它是一座乡村图书馆。是谁设计了如此气派的乡村图书馆，又是哪些人不惜金钱和力气，支持和参与建造了如此完美的乡村图书馆？那是和顺的文化人，和顺的有钱人，和顺移居海外的侨民。和顺的后人说，他们祖辈建造图书馆的主旨只有一个，要造一个坚固耐用、引人流连的知识殿堂，让和顺的父老乡亲，子孙后代，都来读书，多读书。这气派，这规模，这独具匠心，这不惜代价，这宏大图书馆对后人的昭示，表达着老一代和顺人对知识的敬重、渴望，对后人的寄希、提醒、鞭策。

我在图书馆借阅口停留下来。一群学生在借文学、科幻、连环画书籍，几个老人还了发黄的书又借了发黄的书，几位农民在借阅图书，都是有关农业技术的。他们是和顺新一代农民，其中一位说，我们在缅甸跨国承包土地种蔬菜，急需种植技术；不用找老师，这书上都有。他每年收入百万元。他和同伴借走了一大摞农业技术指导书，他们是回家看还是拿到缅甸看，不得而知。

我参观了藏书室。新旧近十间藏书室，现代的内容广泛，古代的珍贵图书也不少。古书竟然有百衲本《二十四史》、《九通全书》、《汉魏丛书》，也有财政部扶持修缮的《中华再造》等历史书。图书管理员说，这古书都是捐赠的。有的是政府捐赠的，有的是父子、兄弟、夫妇同时捐赠的，还有依照遗嘱捐赠的。全馆七万多册藏书中，古籍、珍本占了万余册。大多数书的后面是有来历、有故事的。

在和顺图书馆不远处，是著名哲学家艾思奇的故居。他家的门口照壁墙上，是毛泽东为艾思奇亲书的“学者、战士、真诚的人”几个大字。艾思奇投身革命后，在上海写了《大众哲学》和《哲学与生活》，引导千万青年学子成了进步青年，走向革命。远在延安的毛泽东对艾思奇的两本书喜爱有加，不仅自己摘抄精彩章节，还把它指定为抗日军政大学教材。

艾思奇开了哲学大众化与马克思主义哲学中国化的先河，它的力量是巨大的。蒋介石曾说：“一本《大众哲学》，冲垮了三民主义思想防线。”他的高级顾问马壁题诗道：“一卷书雄百万兵，攻心为上胜攻城。蒋军一败如山倒？哲学犹输仰令名。”又题注：“1949 年秋后，蒋介石检讨战败原因，自认败于中共之军队，乃败于艾思奇《大众哲学》之攻势。”

艾思奇的哲学著作，何止引导了一场战争，也引导了一代又一代新中国的青年，投入到民族复兴的建设大业中。

清水河记忆

国门大理石上的弹痕还在，河对岸断桥依旧。那累累弹痕在明亮的砖墙上，在太阳的照耀下，是那黑幽幽深沉得可怕的眼睛，望着经过关口的每个人。这可怕而难看的弹痕，怎么没有去把它填补？修补起来，毕竟是一项工程。修补与不修补，其实无碍它的雄伟与坚固。留着它也好，也许留着它也是个记忆，也许留着它是个警示，是战争的记忆和战争的警示。非常难看的是缅甸的河边，那断桥像重锤砸断的一般，只剩两头的残垣，在河两头张牙舞爪地相望对峙，似乎在愤恨地谩骂让它断身的人。

漫步在临沧清水河口岸的河堤上，眼前是碧波粼粼而宽阔的三岔河，河的中央是中缅国界，远方河中央的断桥曾经连接着缅甸两个地方。桥断了，一地成了两个世界。断桥望着中国国门，中国国门望着河与断桥；成群的鸟儿从断桥的丛林飞了过来，成群的鸟儿也从清水河口岸丛林飞了过去。在我的眼里，好像它们都在诉说什么。它们在诉说什么？

它是唯一通往对岸村寨的桥。那边有嫁过去的女儿，这边有她的父母，这边有她的情郎，那边有她的心爱；这边有他们的田园，那边有他们的商铺；这边有他们的学校，那边有他们的老师。虽然一河隔开了两地，一桥却连接了两地。这桥在两边人们的心里，各有各的分量。可有一天，远方的激战来到了这里，桥旁、桥上枪炮忽然轰鸣，一伙人要冲过桥去，一伙人把着桥不放过一个。炮弹炸在桥上，手雷炸在桥上，汽油烧在桥上，桥成了火海。桥上桥下血肉横飞、河水成血水。一场又一场残酷的枪战、炮战，每天在升级。有一天深夜，在暂时的平静过后，突然桥上随着冲天的火光，传来地动山摇的震响，桥被炸断了。炸毁这坚实的桥，据说用了几百公斤烈性炸药。爆炸惊天震地，河水被掀到天上落下冲走人与房屋，桥变成了飞石从天而降，砸到人畜九死一伤，砸到房屋片片震塌。清水河对岸成了一片废墟，缅民无家可归了。

缅甸军人的子弹，雨点般射过来，穿进了坚硬的中国国门墙，也射进了边防军检查站。这虽然都不是故意的，但它却是肆无忌惮的伤害。国门墙被打破了，边防军检查站墙打成了蜂窝一般。一发炮弹落在了军营，罪恶的炮弹炸死了两名中国军人。

缅甸村寨战火连天，清水河国门涌来逃生的人们，拖家带口的，肩扛头顶着物品，向中国求救。他们是缅甸的佤族人，与国门后的孟定佤族人是同根。他们写了请求救助的信说，他们原是中国人，一直把中国当祖国，只是痛恨无能的满清政府，把他们割给了缅甸……他们请同胞相救……而佤族是一家，这是毋庸置疑的。缅甸村寨的枪炮猛烈，火光冲天，蜂拥而来的难民，潮水般地涌到了清水河，涌入了国门。子弹跟着难民飞过来了，那个拉着孩子的老人，倒下了。孩子不知道老人为何倒下，去摇他的头，可头上尽是血……跟在难民最后的是个背着孩子的妇女，她也突然倒下了。她就差几米远，就到清水河中国国门了，可她身后中了流弹，血流不止。她还活着，她强忍疼痛，继续背着孩子爬向中国国门。就在她几乎爬到中国国门前时，中国军人前来抱起她孩子，扶她起来，可她再也起不来了。幼小的孩子成了孤儿难民……难民中成孤儿的，何止他一个，难民中失去亲人的不计其数。还有更多的惨剧，就发生在清水河畔两国的国门口。内战是强加给老百姓头上的灾难，而且战争越来越疯狂，躲也躲不掉，房子没了，亲人死伤了。战争让成千上万的缅民，看到了生的希望，那就是中国。他们仓皇失措拿着能够拿上的东西，涌向中国。云南接纳了他们，中国接纳了他们。云南财政拿出大笔钱，为他们买穿的吃的。天下佤族是一家，他们在云南受到了亲人的款待。

该回到缅甸了。缅民说，他们不想走了，本来中国就是他们的老家。但不回怎么可能呢，国籍是很严肃的事情。避难过后的缅甸人，依依不舍地告别了中国亲人，多少泪水洒到了国门旁的清水河。

几年过去了，断桥隔开了相连的村寨，把一个村寨分成了两个地方，也隔断了热闹与商业的繁荣。村寨一片凄凉。断桥什么时候连接，看那死寂的桥头和桥头身后的远方，好像没有时间表。那破旧的草房，草房里升腾的烧柴的浓烟，耕地上一动不动的老牛，那肩挑背驮的农民，与中国国门后幢幢洁白的别墅，村庄大车小车的走出，还有那忙着种橡胶和种香蕉的村民对比，会惊叹清水河两岸真是两个世界。

清水河眼前的一切，仍然刻在清水河的记忆里。清水河流向两国。一条河在欢快地流淌，而另一条河却在诉说，它羡慕这边，渴望祥和平静。

山茶妹的伤痛

本来平静的山茶树林，忽然摇摆起来。它好像在向来人愤怒呐喊，也像在风中颤抖和诉说，粗大的断枝露出灰白的身骨，像病倒刚又复苏的老妇，还挂着昨日伤痛的泪花，花瓣掉了满山坡。山茶树在向我呻吟，我听明白了山茶树的倾诉，我在它的家园里，在它花瓣落下的地方，在那些落叶和泥土里，轻易见到了大把弹壳和大块弹片，还有那越军的钢盔。原来是山茶树要人们把这些罪恶的残留清理走，它们永远不愿见到这些东西。这是云南边境老山的山茶树林，它是一片古老的山茶树林，它经受了几十年前越南人的枪雨和炮弹，见到了敌人被消灭和赶出山茶林的搏击，见到了不甘心死亡的强盗深夜埋在它脚下的如马蜂窝多的越南地雷，见到了一头头耕牛被炸得血肉横飞，见到了少女和解放军被炸断腿与血肉模糊……我同战士们清除茶林的弹壳、弹片和强盗的钢盔。山茶树林没有了战争的残留物，山茶树平静了下来并露出了一丝笑容。山茶花全开了，吐出浓郁的花香，老山飘满了山茶花香。这花香让人回过神来，那场似乎发生在昨天的战争，已久远了。

那场战争并不遥远，它的硝烟散去不久。山茶妹这样说。山茶妹是老山下麻栗坡树的妇女，她少了一条腿。她的腿，就是在那片山茶树林被越南兵的地雷炸断的，那时她才十九岁。她拿出十八岁的照片，那是像山茶花一样美艳的姑娘，蝴蝶裙外两条如玉白净的双腿，娇嫩秀美。那是她去山上茶林采茶，她踩到了一个软的东西，后来就什么都不知道了。醒来时，她躺在边防军的医院，看自己一条腿没有了，她不能接受。她想死，而几位解放军姐姐陪着她，帮她摆脱了失去腿的噩梦。失去腿的山茶妹，得到了政府的生活补助，受伤的身心渐渐复苏，有了顽强活下去的信心。

山茶妹很不幸，她失去的不仅仅是一条腿，还有她的弟弟。她 19 岁的弟弟，在对越反击作战中，英勇牺牲了。她家除了三个老人，就是她一个残疾人，她感到一个家塌了。关爱她家的手，从政府到乡亲，时常向她伸过来。她站起来了，且成了家，创了业，有了生活的未来。

在这广阔的山村，乃至整个云南，那场战争使她们乡十多个青年献出生命，十多个人被炸伤，云南 1 400 多名年轻军人献身战场。那场战争，云南和广西籍的军人和平民，牺牲最多。云南和广西，为那场战争，付出了巨大的流血牺牲和财产损失。朴实憨厚的云南、广西人，虽然伤痛还在心里涌动，也很少表白他们的付出，而从不质疑那场战争的发生。山茶妹就是这样的云南人，尽管那场战争夺去了她弟弟的生命，她失去了腿，提起那场战争，她却说，没有这场战争最好，也不可能没有这场战争……她和她的全家，亲历了与越南人的太多事，她是有资格说那场战争的意义的。

山茶妹的父亲与她的爷爷，几乎与麻栗坡许多男人一样，经历过早先与越南人的亲密来往，也遭到了战前越南人的欺负。那年，中国政府给越南送大米，她们村很多壮汉是政府的搬运工，她爷爷带她父亲做随车工人。他们把山一样高的大米和白面，搬上火车和汽车，又随车把它们送到越南。那时，越南人称中国人“老大哥”和“兄弟”。小弟弟正跟美国佬打仗，小弟弟缺吃少枪。老大哥给小弟弟又送粮食又送枪。无偿援助的物资，日夜不停地送过去。她的爷爷、父亲和乡亲们，饿着肚子义务给小弟弟送粮物，还觉得很光荣。那时的中国人、越南人真是亲如一家，越南人到云南做生意，中国人到越南开商店。战后，中国人与越南人来往更勤了。山茶妹的父亲，在河内开了个杂货铺，生意正做得起劲时，有一天一帮河内军警封了他的和所有中国人的店铺，限他们马上离开越南。越南人已不称中国为“大哥”了。越南人把中国人视为仇人了。越南人要把华人全部赶走，要不择手段地赶走。他们没收华人的财产，给华人安莫须有的罪名，用卑劣方式赶华人走。她的父亲和乡亲们财产被没收，赶出了越南。成千上万的中国人，被越南赶了出来。麻栗坡和边境的村落，从此鸡犬不宁了。越南人不仅赶华人，还派人砸界碑，移界碑；到中国的村里抢牛抢马，抢财物。她们家的牛和粮食，也被越南人抢走了，也把大片山田霸占了……

越南人翻脸不认朋友，可让边民遭殃了。山茶妹说，中国人被欺负，村庄被抢劫和烧毁，土地被抢占，中国人怎么不打呢?！这是山茶妹和村民那时的怨恨。事态越来越严重，越南人不仅赶华人，不仅抢我土地与财产和烧我村庄，还进村杀人。地被抢走了，牛马被抢走了，人也被打死打伤，中国的很多山和田被侵占了，中国边境几年日夜不宁。山茶妹与村民们盼政府赶走这些劫匪，老百姓喊出“求救”，中国军队终于还击了。山茶妹看到中国军队还手毫不手软，狠狠教训了吃着中国大米、操着中国赠送的枪炮，而打着中国人的越南人，她和村民有多高兴。

战争的残酷，让她失去了弟弟，也失去了腿，她讨厌那时的越南人，但她对中国军人充满了敬意，对那场反击战有着自己的看法，山茶花不容别人否定那场反击战的正义。

中国的警告书，雪片似地从北京发到河内，希望越南人在伤害中国人民感情的路上不要走得太远，但越南人毫不理睬。越南人把中国人过去的无私援助，把与中国人过去结下的情同手足的情谊，统统抛到了脑后，毫不留情。越南人的丑恶，演绎成疯狂。疯狂得让中国人难以想象，也让中国人一时难以接受。中国人纳闷，越南与中国曾经是多么亲密无间啊。那种友谊多么珍贵。珍贵的友谊，能够世代传承下去，那该多好。中国人怀念胡志明，也珍惜与越南人民的深厚感情。越南人视友为敌，要与中国打仗，中国人不想打仗，更不想向曾经有着兄弟般情义的越南人挥拳。在还与不还手上，中国领导人起初采取了极大的忍耐，而越忍，越南人愈妄为。怎么办？再忍，更多边民会受伤害，大片国土会被抢走。再忍，是天理难容了。一场自卫反击战，被迫发生。

……

战争是无情的，也是残酷的。越南付出了巨大代价，中国也付出了极大的代价。两国人民不高兴，美国人却很高兴。损失的是两国人民的美好友谊，丢掉的是边民的好日子。

这是中越朋友间不幸的事情。这场战争的影响有多大？它使中越关系出现长期敌视状态，它使中越边境紧张了十多年。

十多年里，边境布满了地雷，双方充满了仇视，双方边境难以发展，边境百姓生活陷入贫困，双方经贸来往冷淡。战争给两国人民带来的不仅是伤痛，更是失去的建设美好生活的时间和机遇。战争让大批边民贫困，中国的财政，越南财政同样是，每年要拿出巨额资金，投入到被战火烧焦了的土地去发展。山茶妹和她们的村，战后十多年间，成了无一户例外的贫困村。越南的边境村，也同样无一例外地长期贫困。化友为敌，挑起战争，越南人得到了什么好处？得到的好处，是栽种了很大的一个苦果，一个长久伤害两国人民友谊的硕大苦果。好在后来的越南领导人，已认识到与中国翻脸并出手的浅薄，向中国伸出了有较热温度的手，还与中国做起了生意。

那场战争的阴影还在边境弥漫着，仍在山茶妹内心弥漫着，久久难以消失。她理解这场战争，而讨厌枪声、炮声，讨厌山茶花树下战争的碎片。山茶妹企盼，愿麻栗坡的老山永远像今天这样安静。

兰花的姐妹山

两座山像两座笔架，摆在山间，似在等待文人放置豪笔。这造型是姐妹山，一山是中国，一山是越南，姐妹山是两个国家的山。

国界碑立在两座山头上，姐属一国，妹属一国，虽被分开了，那也没关系，那只是人的意志，而她们体相连，脉相连，抱得那么紧，事实上无法分离。人分离了她们，她们从没表现出被分离的那种痛楚与失意。她们相携、相拥，都是那么妩媚多情的样子。一群七彩斑斓的鸟，来回飞翔在两座山上，像是姐妹山头上飘荡的花朵；那尽染山头的山茶花和木棉花，蜿蜒在两座山，是披在姐妹山肩上的彩带；那不起眼的、随处可见的兰花草，是姐妹山裙摆的底色，呈现渺小的美；那一片片白云，就是姐妹山的洁白雨伞，她们在传情和戏耍；山下有人赶着成群结队的马，马背驮着山状的货物，来了山这边，这边有卖到好价钱的集市，在急匆匆的人和马脚下，没有界碑的概念。还有那背着书包的孩子，朝这边的山道，又蹦又跳地在赶路呢，这边有高大靓丽的学校。在这般情形下，高高的界碑，在两座山上，显得是多余的，又显得是渺小的。——这是麻栗坡两座山上、山下的情景。

这美丽的姐妹山，几十年前是战场，是落炮弹的战场，是埋满地雷的魔域，是血肉横飞的屠杀场，可今天怎么也看不到一点弹痕。

麻栗坡，是20世纪90年代初，刻在我记忆中的地名。是那场对越自卫反击作战枪炮声，让我和更多的人，知道了这个地方，当然还有它毗邻的老山、法卡山。而后来更让人知晓的是麻栗坡，更让人惦念的也是麻栗坡，是因为这里埋葬着我的战友等近千名英烈，还有“老山作战纪念馆”让人永久回忆的战史史书，还有从“子夜凯旋”回来的战地“猫儿洞之声乐团”的战友。深深刻在我记忆和让我永久惦念的，是因为那一年我穿上军装，差点上了云南前线，上了麻栗坡战区。“差一点”是领导没有选中我，而是选中了其他战友。我的同团战友小纪等，就被选中上了前线，小纪等牺牲在了麻栗坡，安葬在了麻栗坡烈士陵园。所以，自从那场战争开火，自从我的战友上了前线，自从我的战友牺牲被埋在麻栗坡，我的心，一直就牵在这个地方。他临走时18岁，稚嫩而英俊的面容，永远定格在了我的记忆里。

他甜润的笑容，至今让我感到他不可能死，仍然活着。可他死了，真真切切地，在麻栗坡战斗牺牲烈士的名单里，在麻栗坡烈士陵园里，一次又一次证实了他已牺牲。他就是在攻打妹妹山主峰时，在炸碉堡时，先被炮弹炸断一条脚，苏醒过来后，抱着炸药包，爬向敌碉堡。他被机枪扫穿了胸膛，而以令人很难想象的生命力和勇气，竟然炸掉了敌人的碉堡。牺牲在敌碉堡旁边的小纪，身上数十个枪眼，抬下战场时，伤口流不出一滴血了。他的血，尽流在了那片开满山茶花树的山坡上。小纪是我的好战友，我们有太多的交流，有太多的开心故事。他英勇壮烈的消息，我是从报上看到的。那天我在西北的军营里训练，我看到报纸上的他的故事，连枪也扛不起了，浑身酥软得没了一点力气。我悄悄地在僻静的地方，伤心了许久，我伤心得骨头像散了架。我太想念他了，他怎么一去而不返呢！

我在麻栗坡烈士陵园，在密密麻麻洁白的坟茔中，找到了他的陵墓。坟墓上那张军装照，是在连队时照的，笑着，没有忧愁的样子，一幅调皮的神态。他是心怀美好梦想的人，他在憧憬他军人生涯未来的美好。这样表情的人，让人很难相信他会他躺在坟墓里。我虽然眼含泪水，但仍不相信坟墓里的人是他，他一定是活着。他的老家在四川成都，也许他在老家种田呢。过度的伤心，让我产生了奇想。

每座墓上有朵红玫瑰，他的这一朵在我看来更为鲜艳，尽管那是塑料制作的、永不凋谢的红玫瑰，在阳光下照样吐着艳丽，与真玫瑰一样吐着芬芳。这个陵园里的管理者，让人产生深深的敬意，想到了在每座坟墓上，插株红玫瑰，常开不败的红玫瑰。红玫瑰是爱情花，小纪和长眠在这里更多的人，他们就像玫瑰一样艳丽、鲜亮，等待着爱情的到来。可他们没有手持过玫瑰，也没有等到爱情、爱人的到来，青春就像那朵耀眼的玫瑰，永远定在了艳鲜上。

敬支香烟吧。军人喜欢酒和烟。我们没有带酒，小纪喜欢喝酒，酒量不小。我们只有烟。同行的小说家老衣这个提醒，才使我回过神来。敬烟，鞠躬，泪水打湿了烟火，接着点燃。模糊的眼里，看到小纪朝着我笑，那甜的笑，还带着坏意。于是我就想，小纪，与小纪长眠在这里的勇士们，如若不是那场战争，他们已经当上爷爷了。可他停留在了19岁的年龄，19岁的小伙，血气方刚，风华正茂，那是姑娘开始注目的年龄。

脑海里常常浮现小纪的笑容，想起军营，看到军人，想起云南，看到或听到云南麻栗坡，就想起小纪。一直想去麻栗坡，看望长眠在这里的小纪和那些让我崇敬的战友们，几十年后终于找到了这次机会。一路心里是沉重的，这种沉重的心情，只有在那场战争中失去亲人、失去战友的人，才会体会得到。好在这一切伤痛，被埋葬在了麻栗坡的青山。青山上仍开着山茶花、木棉花和三角梅。各色花儿笑得仍然那么甜美。眼望漫山的花，感到伤痛也变成了一首歌。

晚上，果然听到了一首歌。是一首伤痛至极的歌。那是当年参战老山战斗、亲历战争的老兵闫友谊的动情歌唱，歌曲名叫《我爱老山兰》。在餐中几杯酒后，我们谈起了云南边境，谈起了麻栗坡，谈起了战斗与牺牲的战友，谈起了《我爱老山兰》这首歌后面的故事。

——那是在主攻老山的一次战斗中，一名18岁的战士在山峰上被炮弹炸掉了一条腿，当即昏迷过去，他的鲜血染红了身边老山兰。战地救护人员给他止血包扎后，正要抬他下山，他醒了，他坚决不让抬他下山。他说，他伤不是最重的，他的连长就在前面阵地上，他伤得很重，先抢救他！救护人员说，你伤得也很重，失血太多，生命有危险……小战士坚决要求放下他，先去救连长！他们强行把小战士抬上担架，而小战士坚决不走，从担架上翻滚下来，落到了老山兰丛中。救护人员只好放下他，去抢救他的连长。他的连长的确伤得很重，被抬下山再来抢救小战士时，小战士断腿的包扎口仍在流血，血流了很远，浇湿了大片老山兰。小战士躺在老山兰中，停止了呼吸，手里紧紧攥着一棵老山兰……

他的英雄壮举和攥着老山兰的情景，感动得战场官兵，无不流泪。老山兰平凡、顽强，花开长久而又有淡淡的清香，它体现军人的品德，前线官兵为把自己喻为老山兰而自豪，也誓死要做老山兰，让自己生命在老山上开出清香的花朵。因而有人写了《我爱老山兰》，很快便在阵地传唱开来。

很久没听到这首歌了，也从麻栗坡战场上参观回来的闫友谊，一脸的感慨，他很动情地唱《我爱老山兰》，唱得曾是军人的我与老衣，眼睛里泪花打转。他唱的《我爱老山兰》，在我听来比任何一名歌唱家唱得都要感人。因为歌声里有那场枪林弹雨的硝烟味，有勇士们的豪情味。这首歌，相信不会被人忘记，它会永久地传唱下去。它同麻栗坡的坟茔一样，散发着一种光芒，让人会永远激动。

脚下一丛又一丛兰花，正在吐着花朵，散发着清雅的香味。它是这座山的“底色”，它也一定是漫漫老山不起眼的花草了。可它长得精神抖擞，铁骨铮铮，飘逸潇洒，牢牢扎在悬崖峭壁上，那风雨中岿然不动的英姿，显出对家园寸土不离的无限深情。

血肉的界碑

看到界碑，就有了门的概念。这门是被这石碑一横一纵无形的墙连接着的，看上去没墙，在人们眼里却有了墙。有了石碑上那深刻的红字，这石碑与石碑间，就有了一道没有墙而厚重的墙，这墙一直矗立到了宇宙。

走在界碑边，我总在向门外眺望，像走到家门口，好奇的眼光在飞扬，总想看到门外更多的风物。那边的鸟儿飞到了这边，那便是穿越国界了；一丛杜鹃花树长在界碑间，枝条蔓在两边，花开在这边那边，很难分清楚是哪国的树和哪一国的花；界碑上空一动不动的彩云，究竟是这边的还是那边的，连彩云也不知道。人们却知道，那飞的鸟儿成了那国的公民，那杜鹃树花是属于两国共同财产，那界碑上面的彩云眼下还是这边的；那边吃饱肚子的牛，回到了这边主人家，是跨国行为还是正常觅食，牛把矛盾交给了人。这些现象，在界碑边总是让人好奇地引发想象。

界碑竖立在村里，一个村划成了两个国家；界碑竖立在河中央，一条江河属两个国家；界碑竖立在高而长的山顶，一座山归属两个国家……界碑，是一个很庄严的标志，也是耐人寻味的图腾。界碑把一个地方，划成了两个天地，两个国度，从此立起了两扇门，有了门，就成了两家人。门槛是国法，是大门，没有准许，谁也不得迈过这门槛。界碑是国家的墙，谁也不愿让出半分，哪怕是一草不长的荒漠秃岭。这种远古划分领土的方式，今天还在沿用。因为有了界碑，就有国家，天下的人，都有了自己的领地，有了自己的国家，也就有了归属。这是原始的方式，暴力的方式，也是文明的方式。毕竟地球浩大，仅一个地球国，仅一个地球国王，那多没意思。

界碑，把一个地球分割成了几百个国家。世界上国土面积最大的是俄罗斯，界碑竖到了欧亚两洲，也竖到了西波罗的海，东太平洋，北冰洋，界碑还立到欧洲东部和亚洲北部。俄罗斯这么大地盘，是怎么形成的？当然是战争的产物。俄罗斯的界碑多如牛毛，且要把这些界碑理清楚了，那也是项浩大工程。而俄罗斯的总统却说，俄罗斯虽大，每一寸土地都不嫌多。俄罗斯的大片土地在沉睡，今后还会沉睡。而在俄罗斯人眼里，他们的地盘，还不够大。梵蒂冈是小若弹丸的国家，小到只有天安门广场那么大。梵蒂冈的人，做梦也想增加寸土，而他们明白这是不可能的。所以他们在极小的土地上，让精神无限飞翔，这国土最小的国家，却成了罗马天主教的教廷所在地，也成了全球七亿天主教徒的精神圣地。

亚洲最大的国家中国，是界碑最多的国家。两万多公里长的国界上，有数以千万计的界碑。界碑构成的今天的地域和地图。每块界碑，虽是冰冷的石头，却承载着惊天动地的血泪故事。当我行走在中国边界上，见到那大小有别和高低不等的界碑，浑身的血在上涌，这些老的有几百年，年轻的不足百年的国土哨兵，它们一动不动地站在风雨里阳光下，如高墙的磐石，擎起了大家园的天柱。哪一块界碑，都是不寻常的历史老人，要倾听它们的故事，都会有动人心魄的诉说。

在云南 4 000 多公里的边境线上行走，更多的是年轻的界碑。年轻的界碑，是替代年老的界碑，也是新边境的石柱。最新的界碑，要数中越边境的了，它是竖立不久的。这是因为几十年前的战争，也是捍卫领土的反击，使得这些界碑像年轻士兵一样，从此落脚到了陌生的地方。而这新的落脚地，是那么地来之不易，界碑的土壤浸透了卫国者的鲜血。

有一块界碑，落在英雄们鲜血染红了的山头上，那不是染红，那是血流成溪的浸透，每块山石都被鲜血浸透了。那是中越边境上老山主峰的第 254 号界碑。十年的战争，为了捍卫这个山头，也为了这一块界碑的昂然竖立，敌我拼死争夺和捍卫。侵略者一次次冲上来，勇士们一次次殊死搏斗，死伤难于计数，最终夺回了老山。当这块界碑竖立在山头时，前线的军人为献身的战友泣不成声，整个老山大雨滂沱似乎为许多自卫反击战英雄们的倒下而痛哭不已。何止老山是英雄们鲜血换来的，中越边境上数万崭新的界碑的泥土里，哪个没有自卫反击战的英雄们的鲜血?

也不仅是这些崭新的界碑下泥土里渗透着华夏儿女的鲜血，这边境线上哪块界碑下的泥土里，没有英雄的鲜血？那是很早以前，从勐腊出境到老挝，路边的一块大青石界碑，让人总是莫名其妙。碑上深刻中文和法文“中法国界”四个楷体字，落款是“大清光绪十年立”。所有路过它的人，无不纳闷，这脚下中老国界，怎么写成了中法国界了呢？这个界碑的后面，有着深长的悲壮故事。那是 1883 年 8 月，法军侵占越南首都顺化，将侵略矛头直接指向中国，威逼清政府承认法国对越南的殖民占领，并要求与其签订不平等的商务协定和国境条约，遭到拒绝。同年12月，法国增派军队攻占越南更多地区，直逼中国，迫使清政府让步，随之挑起中法战争，不久即刻霸占红河三角洲和台湾地区。清政府被迫对法国宣战。清军大败法军，使西线战局得以扭转。清军镇南关大捷的消息传至巴黎，迫使发动侵华战争的法国茹费理内阁立即垮台。而清政府却不想乘势再战，决定乘胜即收，与法国签订了《停战条件》。清政府的轻易退兵与让步，造成了“法国不胜而胜，清国不败而败”结果。人们把清政府的退兵命令，比作南宋秦桧命令岳飞从朱仙镇退兵的金牌诏，悲愤赋诗：“十二金牌事，于今复见之。黄龙将痛饮，花目忽生期。战骨垒垒在，秋风飒飒吹。莫论交趾役，故垒有余悲。”尽管清政府一再妥协，但由于清军将士的浴血奋战，终使中法战争成为中国近代战争史上仅有的没有向西方侵略者割地赔款的战争。在这奇怪的界碑后面，是强盗强占中国领土的罪证，也是清朝政府软弱无能的见证，更是中国人民深受凌辱和捍卫国土的血泪史。

这样屈辱的界碑，何止这一个，它曾经遍布云南和广西漫漫边境线上。

界碑，是家园的墙，家园被别人抢去，也等于把自己和子孙后代抢了过去。缅甸果敢的十多万汉人，就有被人抢去的感觉，他们每天都渴望中国的界碑，重新竖立在镇的边缘。果敢是座古老的小镇，距中国云南省临沧市镇康县南伞仅百米之遥，但他们被称为果敢族。一百多年前，果敢是中国的领土，属清政府果敢县、邦桑县管辖。1897年，英国人与清王朝签订《中英续议缅甸条约》，勘边定界后，果敢被划入英属缅甸。

他们本不是果敢族，是汉族，却在20世纪六七十年代，缅甸发生排华运动，为避缅族迫害，才将汉族改为果敢族。

果敢人梦想回归汉族，可界碑永远把他们隔到了另一个天地。他们长久地凝望中国界碑，也久久地观望中国国门的哨兵。可哨兵威严地站在国门，他们像界碑一样一动不动。

他们只能同情这些果敢族同胞，而没有权利让他们越过边境。

而今天载歌载舞的云南片马人，比果敢人要幸运得多，也幸福得多。他们的命运，是与16号界碑相关的。

16号界碑的传奇故事，印记了中国人民的勇敢无畏。

片马自古就是中国的神圣领土。早在公元八世纪唐朝的南诏王异牟寻就把片马地区封为西岳属地。到了元代，片马隶属于大理府云龙甸军民府。明朝永历二年即公元1684年，片马划入当时永昌府，属永昌府的登埂土司统领，直到清亡前夕，片马一直为中国领土。

片马很美，也富饶，早有人对它口水涟涟了。19世纪中叶，中国很弱，一拨又一拨的英国人，怀揣盗窃野心来到这里。他们名义上作科学勘察，实为谋取片马做准备。预谋后，英国人终于出击了，提出以高黎贡山分水岭为界进行中缅边境“划界”。片马是要道，英军趁高黎贡山冰雪封山，片马与内地交通一时不通之际，武装强占了片马。

一夜间家园被人占领，片马人在民族英雄勒墨夺扒的召唤下，连夜携手起来，男女老少披蓑衣，赤双脚，手拿弩弓大刀，号称蓑衣兵，与枪炮武装的英国人拼搏起来。他们下暗弩，断水源，放毒药，一次又一次地打败了侵略军。

片马人顽强的抗英斗争，使得英国被迫承认片马为中国的领土。而承认了片马为中国领土，但迷恋片马美景的英军死耍无赖，不愿离开。到了 1960 年，随着新中国的诞生与崛起，占领片马的英国人感到了不安。周恩来总理代表中国政府与缅谈判，签订了《中华人民共和国和缅甸联邦边界条约》，1961 年 6 月 4 日，缅甸政府把片马、古浪、岗房等地划归中国政府。16 号界碑才立在片马与缅甸的交界处，片马人回归了大家园。

16 号界碑成了片马人命运转折的见证。片马人时常回忆起那段历史，也在称颂今天在家园的美好生活。

16 号界碑是片马人心中的图腾，也是边防军人的骄傲和自豪。为了这块界碑的竖立，过去的军人为这块界碑流过血，今天的军人为它每天在流汗。

边防军人的生命，是筑在界碑上的。

每一个边境紧张时期，每一场战争硝烟散尽，牢牢拥抱界碑的人，是那些忠诚国家的军人，每块界碑的落地，无不浇筑了军人的血汗。在某部队测绘大队的军史馆，有幅浮雕说明里描述了军人守土如命的情操。那是 1993 年，中缅双方进行第二次联合国界勘测。位于热带和亚热带密林环境的中缅边界线，由于地形变迁，很多地方变得模糊不清，在一段以 800 米长田埂为界的国界线上，双方测绘人员发生激烈争执。由于河床改道，田埂已找不出真实的走向，中国工程师唐成和缅方组长吴敏盛找来一盘皮尺，在这里一米米、一条条田埂地测量，第一天下来与以前的《协议书》相差了 80 米。双方商定，明日重测。第二天，唐成拉皮尺勘测，吴敏盛读数，双方瞪大眼睛，生怕一丝国土从眼皮底下溜走，最后测量结果还是差了 40 米。盛夏烈阳烤得人喘不过气来，唐成严重水土不服，头痛得要炸裂，肚子拉得不停，病痛让他放下工作，他不让一寸国土。他不让步，对方也不让步，双方谁也不愿就此打住，接着测。第三天，唐成又架起经纬仪、水准仪进行勘测，每测一次，缅方都要重测一次，吴敏盛读一次数，唐成再重复读数一次。为了找清这段田埂的真实走向，他们整整用了一个多星期时间，才把界碑位置测定下来。

还有一群女测绘队员和男队员并肩，行走在荆棘遍布、毒蛇和野兽出没、悬崖和断桥之间的地方，攀陡崖、穿密林、吃野菜、睡帐篷，就是要使边界线界碑竖立，寸土不差。

还有那些边界勘测前谈判的国土卫士们，他们在争议激烈的气氛里工作，每天为一块界碑之争，头痛得要炸裂了，仍然不放弃。有一块界碑，勘测确定，竟然花了两年零八个月时间。近三年时间，虽然太长了，让他们添了不少白发，但放弃争取，那就是国土的永久放弃。土地不能再生，少一寸，国家就少了一少国土。这样艰难的争取，他们感到不知要包涵多少意义。

还有那些为边境勘测扫清危险的排雷军人们，步步充满危险。多年的战争，边境成了阎王殿，地下埋设的地雷数不清。压发雷、跳雷、抛撒雷等 20 多种类型的雷，有美制地雷、苏制地雷、越制地雷及中国研制的地雷，哪个都很厉害。这些地雷埋得近乎诡秘，发现难，排更难。尽管埋藏了十多年，可很多地雷仍然非常敏感，一触即发。那些埋设精巧的“诡雷”，被埋在石缝、山旮旯、树杈等地方，多是两三颗串连在一起，是“连环雷”、“母子雷”、“阴阳雷”，稍不小心，山蹦石开。有的排雷兵，由此献出了年轻的生命。

军人总是与界碑分不开，军人总是把生命拴在国门的界碑上。

寻找美的诱惑（后记）

美是会诱惑人的，谁不愿意接受美的诱惑呢。从我明白有一个地方太美，这美就一直诱惑着我，这便是云南。云南有太多的美，太深邃的美，太动人的美。我被这丰富的美，一次又一次地牵引到了一些地方，寻找美、满足美的诱惑。

虽早已有这样的冲动，但真正成行，却是因为紧张而劳累的调研。那是财政部预算司地方处和云南省财政厅预算处安排的中央财政边境转移支付与“兴边富民”工程边境地区行，走访了十多个市县，所写的大篇幅的报告文学文字，已刊登报刊。云南财政人为边境富民呕心沥血，云南兴边富民丰碑辉煌。可那些真正诱惑我的美，却难以写进报道篇章里，它仍在我心里长久涌动，把这些十分诱惑人的美呈现出来，就一篇篇地写了下来，于是有了这本集子。

寻找大美，在美中亲近美，发现美，心融入美，是我灵魂的渴望。我渴望自然之美开启我智慧，丰富我内心，净化我心地，提升我境界。在云南的大美里，我收获了这样的喜悦。

云南的大美、中国的大美，永远让我激动，可我的眼睛太小，目光太浅，小和浅到只看到近处而看不到更远更多的美；我的腿太短，步履蹒跚，短和懒得只在眼前转悠而走不近最美；我的思想骄傲，坐井观天，傲与庸得只在可怜的认知里想象而心不识美。而心涌悲叹的是，我看到了太少的美，且一生也看不到太多的美。这也是大多人的悲叹。那就仔细品味所遇到的有限的美吧。云南之行的这些文字，那是云南大美里的几朵浪花，实感微不足道，而任何宏大的作品，在它大美面前，也会微不足道。这些作品呈现的虽是一个人对美的理解，也是体现触及一个灵魂深处的美，这样的写作富有深刻意义。

最富有意义的是另一个层面的体验，是尝试了公共财政题材散文写法。这些年主编《财政文学》杂志，也思考中国财政文学会的作为，想探索散文在不俗的前提下，写公共财政的内涵与外延，让更多的人了解这群十分敬业的人做了些什么。财政人究竟在做什么？仅仅是狭义地做会计和出纳的事吗？很多人就这样认为。会计和出纳业务只是财政的基本业务，而财政是宏观经济部门。权威的说法，财政是国家治理的基础和重要支柱，也是优化资源配置、维护市场统一、促进社会公平、实现国家长治久安的制度保障。中国财政在做长期保障促进国家发展的大事，没有财政的精打细算和杰出的理财智慧，也难有今天的繁荣昌盛。这一群默默无闻的人，在推动国家发展上，功勋卓著。财政有文学，可财政的宏观与数字的生硬和抽象化，又与文学有了隔岸，使得财政只能做而很难说，而财政人长期以来也只会做不肯说，这是造成隔膜的特殊缘由。探索写这个领域这群人的文学表现，是中国文学的新课题。因而在美的诱惑下，写了这些美文。这些作品，在反映公共财政的丰富性上，做了些探索，却远远不够，它只是个背影、剪影、侧面、轮廓，如再直白就会是通讯，这样失去散文美的赞美文字，就失去了散文的探索和散文的内涵。在美中能看到公共财政的影子，这应当是艺术。相信如此走下去，准能够找到财政散文作品表现的最佳路径。这就是我写《会笑的云》的初衷。

在洁净的空气和灿烂的阳光里，有公共财政致力于环境友好的精彩手笔。公共财政在全社会无所不在，也无所不包。因而文学也不能缺失公共财政领域。对于这样一个探索，还想继续走下去，这对文学和财政是一份贡献。感谢财政部预算司许京花、许留庆、梅宏永、张琛等同仁热心的安排，也感谢云南财政厅陈建国、张云松、王卫昆、王建新等厅领导和预算处苏建宏、谭文、李建强、陈玉柱、任浩宁等朋友们的热心支持。陈玉柱为这本作品的出版，付出了辛劳，很是感动。云南财政厅预算处团队的勤勉、高效、业精、忠诚，是财政部预算司的缩影，也是全国财政预算人的缩影，我被这批人老黄牛式默默无闻与蜡烛式的做事风格和对政策与数字如“竹筒倒豆”般熟练的业务深深感动。今后还要写这群人，为这群推动经济社会发展与繁荣的幕后英雄，发出我的文学光亮。

人们都热爱云南，云南的景迷人，云南的人也迷人。也出于对云南浓厚感情的缘故，中国财政经济出版社热忱于这本书的出版，只好割爱其他出版社的出版美意。感谢贾杰社长和樊清玉编审对这些散文作品的厚爱。

宁新路

2014 年 11 月　于北京阳光花园